Q版特工26

富仇記

梁科慶

Q版特工26　富仇記
作者／梁科慶
總編輯／馬鎮梅
責任編輯／王心靈
美術設計／blacktony
出版發行／突破出版社
香港沙田亞公角山路33號突破青年村
電話：2632 0000　傳真：2632 0388
電郵：breakthrough@breakthrough.org.hk
網址：http://www.breakthrough.org.hk
http://www.btproduct.com
承印／陽光印刷製本廠
2011年3月初版1刷

Ah Wing, the Secret Agent 26: Avenger
by Leung For-hing
First Printing, First Edition, March 2011

ISBN 978-988-8073-25-2

本書經文取自《新標點和合本》，版權為香港聖經公會所有，承蒙允准採用，特此鳴謝。

飛翔專號

目錄

序：非一般推理小說 / 古松 6

I 銀杏劫 10

巨賈在家猝然身故，藏香女子身陷囹圄；
影像飄雪、煙蒂透露嫌疑，
哪個高手在五分鐘內越窗奪命？

II 暗會 42

開發項目人人覬覦，農戶誓死保家園；
神秘草帽人暗撐腰，所為何事？

III 決戰紫禁之巔 72

閣太林裏暗燒衣、宅兒子迷失於虛幻、
草帽人直認殺人……兇手是誰？
只道真的假不了，假的真不了。

IV 兩代情仇 124

一部電子遊戲機、一根作暗器的竹筷，
如何顯露真正殺機？

編後記：活着只為吃喝快樂嗎？/王心靈 156

序：非一般推理小說

梁科慶的小說以推理為主，寫得生動而又吸引，想不到的是，他在《富仇記》中竟然「觸景生情」，先後引用三位本土詩人的作品，而且恰到好處地聯想到當時的情景。我相信這不是科慶刻意賣弄對現代詩的認識（雖然他與很多當代詩人都有交往），而是他確實將自己喜愛文學的那點心意融入故事。這書以第一人稱書寫，主角能文能武，也許科慶在撰稿的時候，亦早已將自己的思維、幻想融為一體，因而有助讀者代入角色。這證明作者在人物描述方面是成功的。

科慶不但有偵探頭腦，我壓根兒想不到他竟是唸圖書館學出身的，此外，他更具備了對事物仔細的分析，這種分析不但科學化，也有邏輯的說服力，讓讀者讀來少了一份對作者的駁斥力，最後更能完美的自圓其說。

這種對故事情節的安排絕不容易，寫得不好，整個推理就變得一場糊塗了。

透過故事的安排，作者將中港兩地法制基本的異同明顯地表述出來。主角的友人在北京身陷囹圄，無法合理解釋在兇案現場的一切而被視作兇手，這種「假設有罪論」與香港及歐美的「假設無罪論」實在大有分別。

「假設有罪論」得由涉案人士證明自己無罪，至於怎樣去「證明」，接受與否均不由其說。涉案人士的基本人權無法有目共睹地彰顯。但若按「假設無罪論」，一切的舉證就得由控方去找尋，否則涉嫌人士是無須作出任何回應的。作者透過阿Wing到內地辦案，利用內地官場的一些陋習，將兩地法制、官場文化、辦案人員的疏懶等一一表露出來，令讀者不無唏噓之感。

鋪設推理的同時，作者也表達了一些社會羣眾的矛盾，例如河東村的村民對收購土地一事的想法。他們一方面捨不得放棄農村生活，卻又欣羨現代城市生活的舒適；一方面捨不得搬遷，卻又要求更多的賠償。作者將這種矛盾的心態深刻地表露出來，使我有理由相信，這並非一本普通的推理小說，它呈現的是不同的社會制度，人的價值亦相應有所不同，不但貧富的差別使人產生磨擦、矛盾，而過度的追逐現代化、財富（像賈會長夫婦），亦非必然的幸福指標，卻是另一悲劇的開始。

作者透過賈會長被殺，帶出了隔代人因財失義、家庭不睦等悲劇，情法兼顧。在這本書中，科慶除了科技武器的描述，更將古代武功與現代武學融會貫通，讀來趣味盎然。而作者更從容地將想要讀者明瞭的倫理人情法理，如神祕武功般，不聲不響地坎入讀者的腦海，難怪長期深受讀者歡迎。

古松

前律政司署總法庭檢控主任

香港藝術發展局文學藝術顧問

深圳大學文學創作中心高級研究員

香港警務署警察學院榮譽顧問

2010年 12月於松軒

銀杏劫

巨賈在家猝然身故，藏香女子身陷囹圄；

影像飄雪、煙蒂透露嫌疑，

哪個高手在五分鐘內越窗奪命？

1

儘管還有五天才是中秋，在沒星、沒雲的高天之上，初升的月亮，以渾圓、晶亮的姿態居高臨下，傲視盛世繁華的北京城。

當銀灰色的Volkswagen「多功能商務車」駛經天安門廣場，Chit的視線穿過車窗，斜望剛升上紫禁城樓的圓月，被那份君臨天下、睥睨眾生的氣勢壓迫得有點喘不過氣來，她很想降低車窗，吸一口氣，卻始終沒動手，因為乘坐賈會長專車的第一項規則，是不要觸碰車上任何按鍵，而司機亦不會讓她有此機會。二十分鐘前，Chit一登車，司機便升起分隔前後座的防彈玻璃，切斷於後座操控門窗等與保安有關的功能。不過，Chit仍可自由享用車廂內各種設備，如聽音樂、看電視、吃小食、喝飲品、上網、玩電腦遊戲等。這般待遇，畢竟跟坐囚車有明顯差距。

一路上，Chit沒碰過小型冰箱和影音設備，只是靜靜地坐着，觀看窗外緩緩後退的大街小巷。

北京，久違了。

舊地重遊，對於這座城市，她感到陌生。近年落成的建築物，外形愈趨古怪。這些巨大又怪誕的新穎樓宇，隨着北京市區的拓展，迅速向市郊伸延。只是半個世紀，北京已從二環、三環，發展到四環、五環，2009年，總長 187.6公里的六環路也全線貫通。北京，久違了的故地，實在教她驚訝。

車子經過俗稱「鳥巢」的國家體育場，為免堵車，司機開入一段標明「禁止駛入」的車路。撇開防彈功能，賈會長專車的外形，跟那些週末載着一家大小郊遊的普通七人車沒有兩樣，惟一的分別是掛着一面「京ET」的特別車牌，即使開進北京的軍事基地，亦沒人攔阻。

Chit把頭靠向車窗，近距離仰視那些築成「鳥巢」的不規則鋼樑，以及鋼樑之間的半透明ETFE充氣塑膜，想起「北京奧運」開幕那夜，中國前「體操王子」、今天的上市公司主席李寧，被張藝謀和程小東用「威吔」吊起，高舉火炬棒，沿着橢圓形的高牆凌空奔跑，點燃聖火。她一邊觀看電視直播，一邊替李寧擔心，擔心鋼絲折斷，李寧會失足摔下來。現在回想，其實，他們應該找阿Wing，若由阿Wing上陣，根本用不上威吔，也不用擔心出意外。當然，張藝謀和程小東不會找阿Wing，因為他們不認識這位隱世高手，正如世人不認識賈會長這位隱形富豪。

賈會長掌管一個總資產值五百億人民幣的信託基金，富可敵國。然而，賈會長不似一般的暴發戶，他作風低調，從不公開露面，也不跟傳媒打交道。認識他的人均不會詢問他的財政收入來源，以及進行什麼投資項目。大家都明白，這些資料知道愈少，晚上睡得愈安穩。

車子筆直地穿越「鳥巢」旁邊的特別通道。站崗的公安木然肅立，沒表情，沒動作，更不作任何記錄，彷彿掠過眼前的只是一陣秋風。

司機十分熟悉北京的街道，避開繁忙路徑，往南面的市郊飛馳。離市中心區愈遠，車輛愈少，再沒成羣結隊的自行車，更沒蹲在路肩抽煙的男人。最後，車子轉入一段私家路。路口有一座保安亭，亭裏坐着兩個警衞，看樣子正在無聊地抽煙。路的兩旁種滿數不清的銀杏樹。直路一條，前後都沒有別的車輛。

「咚咚……」Chit用指甲敲幾下前後座之間的防彈玻璃。

「啥事兒？」司機以冷漠的眼神盯着倒後鏡。

「可以開窗嗎？」

司機稍作猶疑，淡然應道：「可以。」

後座操控車窗升降的功能得以恢復，Chit按鍵降下車窗，讓秋風竄進來。她深深地吸一口氣，滿足地帶笑道：「銀杏飄香，久違了。」

「轟—— 嗚——」司機大力踏下油門，不知是否故意，引擎轟地噴出濃烈的廢氣，大煞風景。

「咳……」Chit甩甩她的冬菇頭，橫司機一眼，迫於無奈地關窗。

司機加速一小段路後，把車停在一幢兩層高的西式別墅前面，道：「到了。」

2

賈府大宅，十年如一日，外牆古舊，牆緣零星的附着一些攀緣植物，從窗戶看進去，屋內陳設簡樸，怎也不似超級富豪的別墅。

Chit並不奇怪，因為真正的豪宅不在地面，而是宅旁地面以下的四層。Chit從前間中來賈府作客，那時候，玄關右側設有專用升降機，直達地底各層。她記得，負一層是個可容納百人的宴會廳，負二層有健身室、游泳池、桑拿房、桌球室、影音室、閱讀室、會議室，負三層是主人臥室、客人臥室、餐廳、中西式廚房、工人房，負四層則是禁地，Chit沒機會進入。另外，大宅後面還有一個地下停車場，可停泊二十輛汽車。

據聞，地下豪宅仍在擴建。Chit相信，今天的賈府已非當年的格局。

「歡迎光臨，Chit阿姨。」有人拉開後座的車門。

Chit挪一下屁股，抬腿踏出車廂，看時，為她開門的原來是畢小玉。

畢小玉從巴黎返回北京後，把頭髮染成紅色，叫Chit幾乎認不出她來。（關於Chit、阿Wing、畢小玉等在法國的故事，可參閱《藏香》。）

「啊！小玉…… 髮型，很時髦……」Chit托一托她那副不知哪裏還可買到的粗框烏蠅眼鏡，讚賞道。

「嘻，上星期為執行任務染的。大家都說挺好看，我便多保留一、兩個月。」

「你那雙不說話的孿生兄弟呢？不是躲在一旁用狙擊槍瞄準我吧？」

畢小玉連連搖頭，解釋道：「不敢，不敢。他們一個往內蒙古，一個往海南島，各有任務。」

「噢，天南地北。」

「賈會長在書房裏等你。請進，沿廊子直走，左邊第三間就是了。」

「你不來嗎？」

「賈會長吩咐，他想單獨跟你把酒聚舊，旁人統統迴避。」

「好！我這就去跟賈老喝幾杯。」

「不能喝幾杯，一杯就好。」

「為什麼？」

「賈會長的健康近年出了點小毛病，醫生叮囑他戒掉煙酒。賈會長說，難得老朋友遠道而來，今晚怎也要跟你乾一杯。」

「真箇是財多身子弱啊。」Chit搖搖頭，開步欲跨上石階。

「請稍等。」畢小玉拿出一個環狀的金屬探測器。

「嘿！」Chit冷笑，「我要殺他，沒武器也可以。」

畢小玉面露難色，尷尬地說：「不好意思。規矩既定，我們小的總得遵行。循例而已，Chit阿姨萬勿見怪。」

「好的，來吧。」Chit不想讓後輩為難，便半舉雙手。

畢小玉提起探測器在Chit身前身後掃了一遍，並無異狀。

「我及格覲見賈老了吧？」Chit半開玩笑地問。

「言重了，請進。」畢小玉欠身讓路。

「待會兒見。」Chit跨上石階。

大門上方左右兩側的CCTV攝錄鏡頭慢慢旋動，背後的操作人員把焦點對準她，像兩隻獨眼禿鷹攀在門頂，虎視眈眈。

Chit瞅着左邊的鏡頭裝個鬼臉，說：「沒見過美女麼？」

來到門前，兩扇橡木大門「咿啞」的自動向內敞開。不壞啊！Chit順步走進去，心裏想，賈府大宅地面以上的設備，也邁向高科技化了。

賈府大宅屬第二次世界大戰前的建築物，最初是英國領使的別墅，建築風格富維多利亞色彩。賈會長入住後，儘量保留別墅的原有風貌。

拱頂長廊兩側的一列雕花燭台仍然完好無缺，與昔日不同的是，燭台上安裝了別致的洋燭形LED燈泡，光線照明充足又不失古雅。

左邊第三間，Chit踱過去。

賈會長不在地面以下接見她，顯然心存芥蒂，什麼老朋友聚舊，不過是門面廢話罷了，他始終認定Chit藏着羊首銅像等寶物。Chit今晚前來只有一個目的，就是交代清楚，說個明白，讓賈會長知道，他想要的寶物，她一件都沒有。既已隱居海外，她才不希罕什麼幾十年交情，她只盼望今後的日子不受攪擾。

第三間，到了，Chit伸手待要敲門。

「啪—— 乒——」房內傳出打破玻璃的聲音。

Chit呆了一下，指頭凝在房門前，不知應否敲下去。

側耳細聽，房內除了先前打破玻璃，再沒動靜。Chit想了想，最終還是敲門。

「咯——」房門卻應手而開，飄出一陣茅台酒香。賈會長喝醉了？失手打翻酒瓶？明明說好等她來了才喝一杯，這到底是怎麼回事？Chit暗忖。

「賈會長？」Chit探頭看看，順步入內，「賈——」她做夢也沒想到，書房裏的第一個影像，竟是一個伏在茶几上的男人，男人背部插着一柄刀，渾身鮮血。茶几旁邊的地板上躺着一個破酒瓶。

Chit快步上前，認得那人正是賈會長，刀插得很深，只剩刀柄露出體外── 那是一柄開信刀。Chit俯身用指尖按壓賈會長的頸動脈，已沒脈搏。

賈會長怎會無緣無故死在自己的書房裏？從中刀的位置推斷，賈會長沒可能反手握刀自戕，一定是他殺！但賈府守衞森嚴，誰有本事潛進去刺殺賈會長？

除非──

Chit四下掃視，沒人，也沒保安攝錄鏡頭，心裏暗叫不妙──

「打翻東西嗎？老爺……」一個老傭人跌跌撞撞地跑進來，停步，錯愕地瞧瞧Chit，瞧瞧地板上、茶几上的鮮血，再瞧瞧倒在茶几上的賈會長。

「你別誤會，我……」Chit頓感百辭莫辯。

「殺人呀！來人呀！老爺被殺，兇手就在這兒，快來！快來！」

走廊上響起急速的腳步聲，第一個趕到的是畢小玉。

3

上述過程，是Chit在拘留所裏告訴我的。

當晚她沒反抗，平靜地任由公安拘捕。她沒殺人，相信清者自清。可是，不消兩天，公安通知她，調查結束，她被控謀殺賈會長。由於賈會長身分特殊，Chit又有潛逃國外的可能，故不准保釋。

在中國內地和香港，謀殺案疑犯都遭到檢控，差異卻是，在香港，控方要證明疑犯有罪，檢控過程若有疑點，疑點利益歸於被告；在國內，疑犯要證明自己清白，疑點利益不一定歸於被告，例如，兇器——開信刀——上面沒任何指紋，控方便斷定Chit行兇後把指紋抹淨。

公安讓Chit打電話找律師，她拿起電話，想也不想便打給我了。

談過電話後，我第一時間飛抵北京，透過在北京的人脈關係，取得案件的調查報告、證物清單、證人口供、驗屍報告等資料，再以「北京國安局暨檢察院特殊刑事案件聯合覆檢委員會轄下第二工作小組特別顧問團第一副書記」的身分，昂然踏進拘留所。我把一頁似是而非的公文擲給當值主管，說奉命覆檢賈會長的謀殺案，要求面見疑犯。那可憐的當值主管拿着公文看了又看，始終看不明白，向我多問一句，我反過來狠狠的把他痛罵十五分鐘。至於罵些什麼，我自己也忘了，總之就是罵。官愈大，罵人愈兇，內容愈加語無倫次。

那主管惟有按照印在公文頁首的電話號碼致電「國安局」，說了十五分鐘，「國安局」把電話轉到「檢察院」，又說了十五分鐘，「檢察院」再把電話轉回「國安局」，結果他又捱了一頓罵。我坐在一旁，誇張地頻頻看錶，以示等得不耐煩，心裏暗暗感激朋友們的幫忙。待案件一了，定要Chit請大家喝紅酒道謝。

那當值主管連連碰壁，受了教訓，不敢多問，乖乖地讓我見Chit。

沒來由的冒出一名似乎來頭不小的「副書記」，那當值主管既無從查證之餘，又不敢得失國安局、檢察院，惟因不知我搞什麼，便找來一位公安局的王同志，美其名從旁協助，實質是從旁監視。

王同志是一名長相怪怪的北方大漢，幼眉細眼，薄薄的嘴唇上留了兩撇八字鬍子，說話陰陽怪氣，皮笑肉不笑，不知是什麼官職？我亦提不起興趣管他。

我跟Chit見面時，雖已使開王同志，但仍擔心他們監聽，於是扮作互不相識，裝出一副公事公辦的模樣，讓Chit詳細說明案發的經過。Chit當然如實相告。

掌握案情後，我向王同志表示要到兇案現場走走，着他立即安排車輛。

路上，王同志有一句沒一句的旁敲側擊，打探我所屬的單位幹什麼工作、為何要覆檢此案。我擺起臭架子，打起官腔，東拉西扯的搬出大堆「一般啦」、「普通啦」、「不過不失啦」、「上頭發下什麼就辦什麼」之類，說了等於沒說的話，不露半點口風，教他自討沒趣。

說着，車子開進賈府的私家路段，左右兩邊，滿眼金黃。每年秋風一起，北京的銀杏樹一夜之間，樹葉由綠轉黃，日間陽光照耀，通體明媚，燦爛奪目。樹上的葉子黃多綠少，樹下厚厚的落葉，黃澄澄一大片，煞是好看，可見賈會長栽植這片銀杏林的心思。本來良辰美景，怡情養性，有助延年益壽，可惜他卻死於非命。《聖經·馬太福音》問得好：「你們哪一個能用思慮使壽數多加一刻呢？」

答案肯定是negative。

甫抵達賈府大宅，就看見畢小玉負責接待工作。我暗中使個眼色，她會意，暫不相認。王同志道明來意後，她自我介紹：「副書記，您好，我是畢小玉，賈家的保安組長。」

「嗯。」我的官威不減，「兇案現場仍保持原狀吧？」

「是的。我把書房鎖好，只讓調查人員進出。」

「幹得好，帶我去看看吧。」

「這邊走。」畢小玉領路。

「恕我直言，書記大人。」跟在後面的王同志仍不死心，作最後的努力，勸我放棄追查，「既已定案，你無須費神。」

「定案？你們馬虎辦案，案如何能定？」

「對黨盡忠，為人民服務，不論大小案件，我們都辦得仔細，不敢馬虎。」王同志叨唸着僵化的口號。

我以一音多義的鼻音「哼」回應，表示我聽到但不同意他的話，且不願多談。

王同志只好閉嘴。

來到書房，畢小玉取出鑰匙，打開房門。

我叉着腰，走進書房之內，煞有介事地環視一周，最後，在賈會長伏屍的茶几旁邊停下腳步。根據驗屍報告，賈會長身中兩刀，其中致命的一刀貫穿左肺葉和心臟。我舉起右手食指，朝王同志勾勾指頭。

王同志馬上跑過來，問：「有什麼指示？」

我從衣袋裏抽出證物清單，指着「長四公分煙蒂」一項，劈頭便罵：「這個煙蒂，在死者伏屍的茶几上發現。你們為什麼不跟進？」

「煙蒂……」王同志搔搔後腦，「人人都抽煙，發現煙蒂有何稀奇？」看他的表情，倒覺得我在無理取鬧似的，不錯，我就要無理取鬧。

「煙蒂若丟在馬路邊，當然不稀奇。在已戒煙的賈會長的書房裏，發現燒剩半根的香煙，那就稀奇了！」我轉身問畢小玉：「保安小姐，在賈會長的書房裏抽煙，兼遺下煙蒂，還把茶几燻黑一角，請問賈府上下，誰有這個膽量？」

「恐怕沒有。」畢小玉非常合拍。

「不是賈府的人……」王同志雙眼一瞇一睜，隨即把罪名扯到Chit頭上，「一定是外人。疑兇是外人。她一邊殺人，一邊抽煙。一定是這樣！」他的腦筋轉得真快。

「保安小姐，疑兇進入大宅時，有沒有抽煙？」

「沒有。」

「假設疑兇進入大宅後，才開始抽煙，至你聽聞傭人呼救而趕到書房。這段時間，足夠疑兇抽半根香煙嗎？」

「當然不足夠。」

「王同志，你至少說對一件事。」我湊近王同志，幾乎鼻尖碰鼻尖，「煙蒂極可能是外人遺下的。」

「對，對，對。」

「但，那人不是疑兇Chit。」

「有理，有理，有理。」

我厲聲猛喝：「你還不趕快命人檢驗煙蒂上的DNA？

「是，是，是。」王同志慌得七手八腳的摸出手機。

「電話到外面談，別騷擾我觀察現場。去去去！」

我把王同志攆出書房後，才舒一口氣。畢小玉迫不及待趨前，低聲問：「阿Wing叔叔，你跑來北京充個什麼副書記，是為了營救Chit阿姨嗎？」

我把她拉到一旁，正色道：「我鄭重澄清，我不是你的叔叔！Okay，閒話不說，你要老實回答我，你相信是Chit殺死賈會長嗎？」

「不相信。」說罷，畢小玉皺起眉頭，「可是，當時只有她一人在書房裏；而且聽公安說，賈會長的遇害時間，跟她進入書房的時間，互相吻合。」

「遇害時間的誤差，可達正負一小時。Chit進入書房前後不過一分鐘。雖然一分鐘足以取人性命，但Chit進入書房前，這裏到底發生什麼事情？例如那個酒瓶為何從茶几掉落地板？卻是個謎團。」我盯着茶几上乾涸的血迹，「我要解開這個謎團。」

「阿Wing，我相信Chit阿姨是清白的，真兇依然逍遙法外。」畢小玉頓了一頓，「我們三兄妹自幼無父無母，得賈會長收養才有今天。在公在私，我定竭力相助，找出真兇。」

「…… 你們這些公安，跑回來幹嗎？兇手不是當場被捕嗎？你們抓那人去槍斃吧！三朝兩日的在我家裏鑽來鑽去，沒意思……」走廊傳來女人的尖聲斥喝。

畢小玉壓低嗓子說：「那是賈夫人 —— 賈會長的第二任妻子。這兩天，她的心情壞透。」

「突然喪夫，心情自然欠佳。」

「才不是呢！」畢小玉勾勾嘴角，「賈會長逝世，信託基金會將另覓掌管財務的人選，賈家所能控制的資產隨時大幅下降。賈夫人為此急謀對策，忙於找律師、會計師商議，企圖保住財產。」

「原來如此，怪不得火氣十足囉。」

走廊響起「得得」的高跟鞋敲打地板的聲音，阿Wing聞到一陣Chanel No.5香水氣味。未幾，一個濃妝艷抹、身穿Paule Ka黑色吊帶連身裙配紫色Ruffles披肩、手挽LV M479277咖啡色磨沙皮手袋的四十歲上下的女人，從書房門外走過。她瞥見我和畢小玉站在書房裏，馬上收步，張口又罵：「怎麼這裏還有一個？你們這些公安太閒了，是不是？天天來串門子！」

「賈夫人，他不是我們公安局的，他是國安局、檢查院的。」跟在後面的王同志急急劃清界線。

「國安局又怎樣？我表兄就在國安局當主管。我一個電話……」

「鈴……」她的手機驀地鈴聲大作。她瞄一眼來電顯示，似乎是重要來電，惟有住口，匆匆接聽：「喂……胡律師……我這就過來……你們等我。」她掛線後，盯着畢小玉道：「你呀！看緊他們，別讓他們亂摸亂動我家的東西。要是缺了一件，我一個電話，就教你們立刻下崗。」

畢小玉點頭道：「知道了。」

「慢走。」王同志鞠躬。

小心踩着狗屎。我差點衝口而出，最終保持沉默。多一事不如少一事，無謂花時間跟這種狗眼看人低的小女人作口舌之爭。

待那小女人遠去，王同志道：「書記大人，你大概視察完畢了，我們去喝杯茶、吃個包……」

「你餓，先走。我還要見那個老傭人獎姐。保安小姐，麻煩你請獎姐過來。」

「沒問題。」畢小玉按通對講機，「小丁，找獎姐來書房。」

我在書房裏繞了一圈，沉吟道：「這裏沒安裝CCTV，可惜。」

「除了大門、走廊，屋內都不設保安攝錄。賈會長的意思是……」畢小玉思忖着，嘗試找個合適詞彙，「保安攝錄只用作監視進屋的人，而非屋裏的人。」

「明白。」我理解賈會長的用意，大凡財富來歷不明的人，多半躲在家裏作些不便公開的勾當，自不希望所作所為存留紀錄。

兇手顯然知道書房沒CCTV，才在這裏動手殺人，而兇器正是擺放書桌上的開信刀。開信刀用純銀鑄造，刀柄刻有虎頭圖案。外人不會知道書房的格局和開信刀的位置，不過，亦不能排除內鬼、兇手事前偷進來查探虛實、或者湊巧摸着開信刀等種種可能。

王同志見我不肯離去，惟有坐在一旁等候。

「最近，賈會長可有跟什麼人結怨？」我循例問道。

「賈會長處事向來面面俱圓，廣交朋友，少結樑子、仇怨……」畢小玉手托下巴，「最近，賈會長名下其中一間開發公司，在六環外圍收購農地，引起農民不滿。一個名叫徐大牛的莊稼漢，當着新聞記者面前，揚言要取賈會長性命。」

「唏！那個徐大牛，我們查問過了。」王同志搶着說，「案發當晚，他有不在場證據。」

「殺人有時不須親自動手的。」我揶揄。

「徐大牛老粗一個、光棍一條，何來鈔票僱用殺手？」王同志反駁。

畢小玉說道：「由於事件鬧大了，賈會長便派我喬裝往農村走一趟。依我觀察，徐大牛的確沒本事殺害賈會長。不過……」

「畢小姐，你找我？」一名已屆退休年齡的女傭站在書房門外。

「瑍姐，過來這邊坐。調查人員想問你關於老爺遇害的事。」

瑍姐點點頭，選了一張高背靠椅坐下，大概佔用坐墊最前端的十分之三。

「瑍姐，你是否親眼看見疑兇，即那剪冬菇頭、戴大眼鏡的女人，用開信刀插斃你家老爺？」我單刀直入。

「怎沒看見！老爺渾身鮮血的伏在茶几上，背後給插了一刀。那女人就站在旁邊。」瑛姐似乎沒聽懂我的問題。

「那女人站在死者旁邊，不等於她殺人。你有沒有看見她拿刀刺殺賈會長—— 這個動作？」我擔心她不理解，反手把王同志扳倒，抓起一枝圓珠筆，作勢刺向他的背部。

「你真嘮叨。我雖然一把年紀，但眼沒花，耳沒聾，我明明說是那女人殺死老爺，你硬是不信。書房裏只她一人，兇手不是她，難道是狐仙麼？」

「你不清楚我的意思。」我儘量沉住氣，「人命攸關，我一定要問個明白。」

「你才不清楚我的意思，正因為人命攸關，我才一力頂證！我不能讓老爺死得不明不白。」

「那麼，」我放開王同志，「她怎樣握刀？正手還是反手？」我不跟她糾纏下去，轉換另一個角度詢問。

「正手、反手，有分別麼？總之就是她持刀殺人，不是用口咬着刀子，也不是用腳夾着。」

老人家的固執，我拗不過，不由我不放棄。旁邊，王同志在偷笑，畢小玉在歎氣。

「瑍姐，當晚你是第一個發現兇案的人。」我於是改問別的，「你是湊巧經過，抑或聽見什麼聲音才跑過來？例如爭吵之類。」

「我不是湊巧經過。賈夫人跟我說，老爺在書房跟朋友聚舊，吩咐我在樓梯那邊等候，聽候差使。我等了一會兒，聽見書房傳出打翻東西的聲音，便跑過去瞧瞧。」瑍姐的眼神異常堅定，「一定是那女人刺殺老爺，而老爺在反抗爭持之間，撞翻酒瓶。」

「賈夫人何時吩咐你？」

「晚上七時左右吧。」

「Chit何時抵達賈府大宅？」我回頭問畢小玉。

「七時零六分。保安攝錄附有同步時間紀錄。」

「咦？七時左右、七時零六分，竟如此巧合……」

「那不是巧合，是天意！天網恢恢，疏而不漏，殺人者難逃天譴。老天爺開眼，看着殺人者如何血債血償！」換姐愈說愈激動，滿眼血絲，額角青筋暴現。

我真擔心她爆血管，不敢再問下去，趕快請她離開。

「書記大人，還要見誰嗎？」王同志一臉幸災樂禍。

「不見了。唉！」

「那我們告辭吧。」

「慢着。人，不用見。走廊的CCTV錄影，我倒有興趣瞧瞧。」

「那録像嘛，我們早就看過了。那是另一項有力的佐證，證明Chit殺人。」王同志滿有信心地嚷道。

怎有可能？

若然是Chit殺人的佐證，那段CCTV録影，我非看不可！

4

屏幕一片花白，無數「微粒」不停閃動，像大堆沒意識的蜉蝣，在狹窄的生命框框裏互相擠壓。人生彷彿亦如此。不知為何而生、為誰而活的，大有人在。他們沒目標，沒理想，盲目隨波逐流，可謂白佔地土，浪費生命。

畢小玉按鍵。屏幕出現的畫面，正是賈府大宅的走廊，鏡頭置於走廊末端，對正大門，能清楚看見書房門口。她啟動快速搜畫功能，屏幕上方的時間顯示迅速跳動，真箇光陰似箭、時日如飛。

6時42分，畫面出現人物，畢小玉恢復正常播放模式。那是一個年輕人，正推門走進書房。

「他是賈會長的獨子，叫賈臨。」畢小玉補充。

「他在哪裏上學？唸幾年級？」我也是循例問一聲。

「勉強唸完高中吧。沒升學，沒工作，終日待在家裏，上網、打電玩，整整一年多了，最近患了上網成癮症。」畢小玉緩緩退後，背靠着保安室的木門，「他去找父親？我心裏一直奇怪。」

「兒子找老子是天經地義的事，你奇怪什麼？」王同志奇怪。

「最近賈會長忍無可忍，強迫賈臨戒癮，沒收了他所有電腦、電玩、手機。父子關係陷入僵局，互不理睬。」

「唉！我家孩子也是這副德性，一天到晚上網、打機，勸不聽，罵不醒。真頭痛！」王同志感同身受。

「現在賈會長過世，賈夫人為家產四出籌謀，這孩子更是沒人管束。賈臨這下子越發變本加厲，昏天黑地的沉溺於網絡世界。」

的確，資訊科技發展一日千里，是禍是福，視乎年輕人能否善加利用，但上網成癮絕對是禍害。

6時49分，賈臨離開書房。

王同志指着畫面說：「他出來了。你們看，他正正常常的，證明書房裏的賈會長還活着。如果父親遇上危險，他不可能這副模樣，作兒子的必定立時求救。」

「書房只有這一扇門嗎？」我自覺多此一問，「有沒有暗門之類，讓裏面的人通往別處？」

「據我所知是沒有。」畢小玉答。

「賈府大宅的CCTV擺放位置，在監控上還有一個漏洞。」我看着窗外的銀杏林，「CCTV只針對在地上行走的人。」

「哈，書記大人的言下之意，即是人曉得飛，從外面飛進屋裏嗎？」

「不是飛，是樹過樹，由一株樹頂躍到另一株樹頂，最後越窗而入。晚上，藉着枝葉掩護，CCTV拍攝不到，保安人員亦不易察覺。」

「書記大人，你一定是看多了武俠電影。」

畢小玉和我交換眼神，彼此心照不宣，飛檐走壁，於我們絕無難度。

6時54分，賈夫人走進書房。她的步伐有點急速。

王同志嚷道：「我記得這段錄影，她八分鐘後出來，樣子也沒有異樣。可見，Chit進入書房前，賈會長在裏面平安無事。這也足以證明，Chit進入書房後，賈會長才遇害。」

「不！鏡頭一直拍不到賈會長。」我提出疑點，「在7時02分至7時07分，這五分鐘內，你不能排除另有他人潛入書房下手。」

「不要忘記，賈夫人離開書房後，保安錄像再沒有拍到其他人進內。除非，如瑍姐所說，兇手是狐仙啦，哈哈……」

畢小玉認真地說：「副書記的意思是，那人穿林而過，越窗而入。五分鐘，絕對足以讓那人先殺賈會長，再循原路逃跑。」

王同志不以為然地說：「看來，你也中了武俠電影的毒。現實世界裏，可有這種人麼？」

「有。」畢小玉神色凝重。

「即使有。」我瞧着她，「殺人動機呢？」我相信學武之人，除了追求武功外，還着重武德，武功愈高，愈不輕易傷人害命。

「或許……」畢小玉咬咬下唇，「是為了六環的收地問題。」

暗會

開發項目人人覬覦，農戶誓死保家園；

神祕草帽人暗撐腰，所為何事？

1

一河兩岸，景色醉人，獨立洋房，高雅超羣。

這十六字的宣傳口號印在售房廣告的正上方位置，非常醒目。

賈會長猝然身故，對開發公司的運作沒造成絲毫影響，他們一手設法收地，另一手籌建及推銷洋房，宣傳文案、建築圖則、建材等都陸續齊備，只待土地收妥，施工、售房便同時進行。

拿着畢小玉給我的廣告初稿，我走在連接河東及河西的石拱橋上。

廣告初稿的概念圖繪得精細而吸引：兩層高的西式獨立屋沿河興建，連車庫、前後花園，每幢佔地五百至八百平方米，售價八百至一千萬人民幣，而最特別的是，每戶設有獨立的小碼頭，自後花園直通河邊，夏天可以釣魚、划艇，冬天則賞雪、溜冰，確是都市上班族夢寐以求的寫意生活。

現在，一切仍是概念；眼前的景致，跟廣告上所描畫的，完全是兩碼子的事。

堤岸兩旁長滿白楊、垂柳，間中有幾株高大的槐樹。入秋以後，樹木落葉紛紛，適逢今早下了一場秋雨，大、薄、平的楊樹葉，落在泥路上，掃不走，吹不散，路過的行人無可避免地踩上去，連泥帶葉的黏藏鞋底，所經之處，遺下一步一泥印，一步一敗葉，相當狼狽。

同樣是入秋以後，河水流量驟減，水位下降，春夏不見的泥灘、岩塊相繼露出水面。泥灘上、岩塊間，擱着大大小小的家居垃圾，發出陣陣腐臭。垃圾從何而來？來自我和畢小玉身後的河西村。

河西村的農戶較河東村的少，由於收地順利，農民都已接受賠償，全數遷走。剩下的空置農舍，開發公司收取象徵式的租金，短期租出，引來大批流浪漢、地痞流氓、嬉皮青年、外省民工，以及一些不知幹什麼的閒雜人，搬進村裏。不消一星期，河西村由簡樸的農村，變成龍蛇混雜之地。一頭紅髮的畢小玉置身奇裝異服、言行怪誕的「居民」當中，一點都不覺礙眼。畢小玉說，那是賈會長的主意，這些過客、暫住者、寄居者對土地沒半分感情，自然不加愛惜，於是帶來混亂、治安、環境污染等問題。居住環境變差，有助迫使河東村拒絕賣地的農民妥協。

本是一河兩岸，景色醉人，現在河邊垃圾臭人，河西村噪音擾人，還有過橋走進河東村惹是生非的陌生人、閒雜人……都使河東村處處雞犬不寧，寧靜安逸的農村生活，一去不返。河東村民不勝其擾，開發公司乘機提高收地價錢和搬遷補助金，接受收地方案的農民漸漸多起來。以徐大牛為首的死硬分子，開始變成少數派。

「河東村，保不住了。」我看着對岸用木石搭建的農舍，以及農舍後面一片青綠的油麥菜、冬瓜、芹菜、大白菜、韭菜……想起謝傲霜的一首詩〈傷殘〉：

如果我盲了

請將樹的歌聲和風的顏色留給我

如果我聾了

請將鄰居的笑容和天空的細語留給我

如果我跛了

我就可以死守我留給自己的殘破家園不走

「橋頭位置，最高大那人就是徐大牛。」畢小玉靠過來輕聲道，打斷了我的「詩」路。

我暫且拋開腦海裏的謝傲霜，把視野集中於前方橋頭。那裏站了幾個莊稼漢，其中體形最高最壯、賤肉橫生、兇神惡煞的，想必就是徐大牛。

畢小玉接着說：「這星期開始，徐大牛指揮村民，輪流把守橋頭和村口，凡從河西村過來的陌生人、或開發公司的職員，一概禁止入村。」

「有用嗎？」我替他們難過，「你說得對，光看樣子，徐大牛不過是空有一股蠻力，有勇無謀的莽漢。他不似是殺賈會長的兇手。」

「不過，河東村裏倒有一個可疑人物。」畢小玉抖抖眉毛，「昨天在賈家談到疑兇可能穿林、越窗潛入書房殺人的時候，我本想跟你說，你卻使眼色，教我噤聲。」

「當時王同志在場，我們沒必要讓他知道太多，何況他亦不會相信。」我道。

「唔，是這樣的，我上星期進村查探時，發現村裏有一個似乎懂武功的男人，而且，我感到他深不可測。村民十分憎恨賈會長，徐大牛甚至以為賈會長一死，便可擱置收地。那武林高手可能代村民出頭殺人。」

「是哪一個？」我掃視橋頭、村口的一眾莊稼漢，雖然個個壯健如牛，但從步履、氣度觀之，他們沒一個懂武功。

「他坐在河邊。垂絲柳下，吸水煙筒那人。」

我轉眼望向河邊。確有一人頭戴草帽，坐在婆娑樹影下的一張板凳上，背靠樹幹，捲起褲管，光着腳丫，架起二郎腿，悠然自得地抽水煙，一派不問世事的模樣，不似徐大牛那幫人的殺氣騰騰、嚴陣以待。由於戴着草帽，沒法瞧清楚他的樣貌，更添幾分神祕。

「好，我們過去會一會這位高人，走。」

才走了幾步，一個莊稼漢奔上石橋，張臂攔住我們的去路，大叫道：「牛哥！牛哥！這紅髮女子，上星期曾經入村。我認得她，她是姓賈的手下。」

十幾個莊稼漢聞言，手執鋤頭、草叉、木棍一擁而上。橋窄人多，一時之間，誰也擠不上石橋，只在橋頭鬧作一團。

對方來勢洶洶，畢小玉閃到我身後，右手探進衣袋裏去。我連忙按住她，道：「農夫而已，沒必要拔槍。」

「但…… 他們手上都有武器。」

「那不過是農具而已，不必緊張。何況你是峨嵋弟子，會武功……」

「喂！你們兩個！」徐大牛擠開眾人，手握鐮刀，怒氣沖沖地跑來，「快給我滾蛋，否則，老子一併送你們往陰曹地府，跟那姓賈的作伴兒。」

「老兄，說話當心啊！」我好意提醒他，「我要是公安的話，憑你剛才那番話，已是證據起訴你刑事恐嚇，且懷疑你與賈會長的謀殺案有關。」

「嚇唬誰呀！我徐大牛一輩子頂天立地，天不怕、地不怕。那姓賈的奸商勾結貪官，強奪民地，人人得而誅之。」

「好！牛哥，說得好！罵得妙！」後面的人齊聲附和。

唉！這班視國法如無物的莽漢，真是口不擇言。

「給我滾！」徐大牛揮動鐮刀虛劈一下，刀刃在我的鼻尖前面二十厘米處劃過，距離那麼遠，我當然無須閃避。

徐大牛本想揮刀把我嚇退，卻見我氣定神閒，這威風頓時折減一半。

後面的人吶喊助威，連聲大叫：「砍他！」

徐大牛一咬牙，真的舉刀向我的面門砍下。

我右手一揚，指尖拂中他的曲池穴，左腳踏前半步搶佔中線，奪了他的重心，再扣住他的手腕，喝道：「莽漢，殺人要填命的呀！你沒父母、妻兒嗎？要是你被公安抓去斃了，誰照顧你的家人？你身後那些慫恿你『砍』的人，會替你養妻活兒嗎？」

他的穴道被封，整條右臂酸麻乏力，已萬分驚愕，再被我當頭棒喝，更覺矛盾，反應變得遲滯。

「去吧！」我左手往他的右肘一拍，左膝朝他的腿彎一撞。他悶哼一聲，跌個倒地葫蘆，鐮刀脫手，直墜河心。

河邊、橋頭的人無不譁然。

我揪住徐大牛的衣領，把他從地上扯起，揚聲喊道：「叫你的人讓路。」

徐大牛回過神來，只能泄氣地嚷：「讓開！你們統統讓開！」

我和畢小玉押着他開步踏進河東村。剛過了石橋，又來了三個不知好歹的傢伙。一人握着鋤頭，一人掄起草叉，一左一右撲過來，另還有 人欲從後擒抱畢小玉。我推左踢右，把徐大牛推向左側，擋住那使鋤頭的，旋身右腳側踢，「喀」的將草叉從中踢斷，餘勁未了，把拿草叉的震翻，掉落泥灘；後面，畢小玉頭也不回地使出一式「虎尾腳」，那偷襲者應聲倒地；左側，徐大牛跟那拿鋤頭的撞在一起，我雙掌齊發，於徐大牛背部印下，掌力一吐，徐大牛抱住那拿鋤頭的，直飛開去，撞跌四五人，一同滾落橋底。

這趟，再無人膽敢干涉我了。

我二話不說的直奔垂絲柳前，那人仍在「谷嚕谷嚕」的抽水煙。他把草帽拉得低低，遮住臉龐，對橋頭的打鬥不聞不問。畢小玉說得沒錯，此人果然深不可測。我得留神。

他的水煙筒可能內藏毒水，趁我稍不留神，他便用毒水噴我、潑我；他的草帽之內也可能插滿飛鏢，待會兒除帽之際，說不定乘機放出飛鏢；至於他屁股下面的板凳，絕對是一件武器。相傳清朝雍正年間，江南大俠甘鳳池創了一路「板凳拳」，集合凳花、步法、拳法，招式包括撞、壓、頂、砸、掃、架、磕、劈、栽、撐、磨、攔、挑、翻、拐，法度嚴謹，實而不華，走剛猛一路，曾於農村廣泛流傳。

水煙筒、草帽、板凳，每件都可能是殺人武器，他將使用哪一件？

風吹柳擺，枝搖葉落，片片柳葉飄降在他的草帽之上。

「谷嚕谷嚕……」淡淡白煙一口一口的從帽底溢出。

敵不動，我不動。可是，他一直不動，難道我一直站到天黑？

「鈴……」

電話響。不是他的，也不是我的。

「喂……」原來是畢小玉的，「等一會。」畢小玉把電話遞過來。

「我？」

「王同志找你。」

王同志？我詫異地接過電話，應道：「什麼事？」

「書記大人，我沒你的電話號碼，因知道你今天隨畢小玉去河東村，便嘗試打她的電話找你。」

「有話快說，我很忙。」

「對，DNA有結果了。」

「什麼DNA？」

「那個煙蒂啊！賈會長書房裏那個長四公分的煙蒂。唾液樣本的DNA測試有結果了，屬賈夫人的。賈夫人在丈夫的書房裏抽煙，並無可疑……」

「白痴！」我把電話拋還畢小玉，大敵當前，誰有心情跟他談賈夫人抽煙？我一直不敢分心，談這一通電話，我雙眼始終沒離開垂絲柳下的草帽、板凳、水煙筒。

「咳咳，年輕人，武功不錯啊！」草帽人終於開腔了，「可惜自甘墮落，作奸商的走狗。為虎作倀，欺壓老百姓，枉有一身好武功。」他的聲音沙啞，像陳奕迅捏着喉頭扮張武孝唱饒舌歌。

「我此行，與收地無關。」

「那，所為何事？」

「我就開門見山吧。賈會長的死，跟你有沒有關係？」

「可以說有，也可以說沒有。」

「真人面前不說假話，別故弄玄虛。」

「奸商死了，大快人心，我也有快樂的份兒，怎能說沒有關係？」

「只是這種膚淺的關係？」

「當然不只。」

「你如何才肯老實回答？」

「那要看你的本事了。」

「動手吧。」

「這裏人多，有老有少的，拳腳無眼，為免傷及無辜，我們另覓日子、地點吧。」

「何時？何地？別定得太遠，我不會在北京久留，也不太認識北京的街道。」

「月圓之夜，紫禁之巔。」

草帽人拋出一句玄之又玄的話，又繼續「谷嚕谷嚕」，不再作聲了。

我和畢小玉面面相覷。

一些好奇而膽子大的村民開始靠攏過來，想知道草帽人跟我們談些什麼。

看來繼續留在河東村的收穫不大，我拍拍畢小玉的肩頭，轉身離去，小玉跟隨身後。徐大牛等人已從泥灘爬回乾地，渾身污臭的站在路旁，表情既驚且怒。他們見我們離村，已不敢再作些什麼了。

2

「月圓之夜？明晚正是農曆八月十五中秋夜，月亮最圓。」畢小玉輕咬指尖，「草帽人約你明晚比武。」

「嗯哼。」我點頭同意。

「故宮又稱紫禁城。紫禁之巔，一定是故宮最高處，可是，故宮哪處最高呢？噉，停車——」

「輒——」司機轉檔減速，抬眼瞄一下倒後鏡，把賈府的車靠路邊停定。

畢小玉跳下車子，一溜煙似的跑進街角的書店，轉眼又跑出來，手上多了一本書，站在書店門外迫不及待地翻閱。我也下車，走上前看她搞什麼。原來是一本北京旅遊指南，她掀了幾頁，道：「找到了，聽我唸。故宮有三大殿，分別是太和、中和、保和，其中太和殿最高、最輝煌，寬60.1米，深33.33米，高35.05米。對，你們的比武地點是太和殿頂。那人神神祕祕的，武功不知有多厲害，看來不易應付。阿Wing叔叔，你要加油啊！」

「明晚一會，便知此人有多少斤兩。」想到跟高手過招，我就手心發癢。

畢小玉闔上指南，與我一同折返車子。

「對啦，先前我們在河東村，王同志來電找你幹嗎？」

「王同志嘛，那個笨蛋，特意來電告知煙蒂的DNA測試結果，原來屬賈夫人的。」

「賈夫人……」

「賈夫人在丈夫的書房裏抽煙，當然不必大驚小怪。我昨天只是找個藉口把他攆出書房……」我拉開車門。

「等一下。」畢小玉從後伸手一推，把車門重重關上，然後繞到駕駛座旁邊，隔着半開的車窗跟司機說：「我們在這裏逛一陣子，你先回去，不用等我們了。」

司機「嗯」了一聲，便把車子開走。

「有何不妥？」我不難看出，畢小玉故意使開司機。

「這司機是賈夫人的心腹。」畢小玉瞅着賈府的車子在街角拐彎消失，「瑍姐甚至說，他是賈夫人的小白臉。所以，我們不能在車上談論賈夫人。」

「大富之家，果真是藏污納垢。賈會長恐怕不知道自己戴了翠頭巾，堂堂大男人豈能容忍老婆偷漢子？」

我們沿着長安大街信步而行，紫禁城就在不遠的前方。

「他們夫妻之間的事，我們外人不便置喙。」畢小玉紅起臉來，「說回那個煙蒂吧！如果是賈夫人遺下的，那就極不尋常了！」

「何以見得？」

「夫人一向着緊賈會長的健康，三令五申賈家上下，禁止在家裏抽煙。她沒有理由出爾反爾，破壞規矩吧？」

「我糊塗了。賈夫人既愛丈夫，怎會背夫偷漢？」

「她希望丈夫長命百歲，並不等於愛他。賈會長是她的財源，賈會長愈長壽，她享福的日子就愈長久。」

「原來如此。」

「賈夫人本來是歌舞團裏的小配角。聽瑛姐說，賈夫人年輕時頗有姿色，舞台上的技藝縱然不濟，舞台下迷惑男人的手段卻是千嬌百媚。賈會長跟她結識不足三個月，便娶她作繼室。」

「迷惑男人，她果然有一手。」

「賈會長已過世的元配並沒一男半女，她卻為賈家誕下賈臨，賈會長對她千依百順，甚至這幾年，她勾三搭四，賈會長因自己年老，也不……計較。」

「賈會長死去，她自是遺產繼承人，她會不會……勾結情人，殺夫奪產。」

「不大可能吧。以我所知，賈家的財產跟信託基金會的資產，關係千絲萬縷。賈會長一死，基金會將收回資產控制權，賈家的財產即會大減，賈夫人殺夫只會得不償失。何況賈會長這般縱容她，她既有錢花，又有小白臉，何須謀殺親夫？」

「雖然如此，賈夫人仍有可疑之處，而且她是賈會長遇害前最後見面的人，說不定有些內情，你並不知道。反正明晚才跟草帽人交手，今天沒別的事情，我可以跟進賈夫人這條線索。」

「我與你同去吧。」

我立住腳步，在一家髮型屋前面，笑道：「你這把紅頭髮，賈夫人老遠就認得你了。」我指指她身後的髮型屋，「你還是進去，把頭髮還原吧！」

「好吧。」畢小玉撅起嘴巴，失落地回頭，瞧瞧自己在櫥窗上的倒影，「如有新發現，第一時間通知我呀！」

「且住。」

「是的。」畢小玉以為我改變主意，笑意盈盈地建議：「其實，我戴上帽子……」

「順便做一次負離子直髮。劉海稍為修剪，但不要剪得太短。去吧。」

「哦。」

把畢小玉趕進髮型屋後，我沿長安大街望紫禁城迤邐獨行。午後的陽光，照射在故宮的琉璃瓦頂，泛起一片鎏金瀲灩。

3

胡律師的辦事處位於北四環安慧橋西北的北辰時代大廈，與鳥巢、水立方、五洲皇冠假日酒店、五洲大酒店、國際會議中心、北辰購物中心相鄰，屬北京的中級寫字樓。我穿上DHL鮮黃色工作服，假扮速遞員，攜着一個A4 公文袋，進入北辰時代大廈，在升降機裏按下 8 字。

升降機迅速上升。

畢小玉打聽到賈夫人今天的行程，跟昨日一樣，下午會跟胡律師開會。半小時前，我打電話到律師事務所找胡律師，應電話的是一位祕書小姐，她回覆胡律師正與客戶進行閉門會議，不便接聽電話，着我留下回電號碼或稍後再嘗試來電。她的語氣有點不耐煩，大概下午接了無數找胡律師的電話，機械式地重複剛才的話不知多少遍，已把耐性消磨殆盡了。確定了賈夫人與胡律師在一起，我已達到目的，說聲「謝謝」便掛線。

升降機在 8 字樓停下，門退開。我依照牆上的指示牌，找到胡律師的辦事處。一個妙齡OL坐在接待處，沒精打采的，感覺上，她就是半小時前接聽電話的人。我推開玻璃門，走到櫃枱前。她瞄我一眼，木無表情地拉開抽屜，拿出印章，預備蓋印簽收我手上的公文袋。

她身後的工作間裏，幾個年紀相近的OL，都拿着小圓鏡，忙於抹粉、塗口紅、描眉毛，臨近下班時間，大家陸續放下手頭上的工夫，作下班前重要的「補妝赴約大行動」。惟獨她坐在接待處發愣，原因可能有兩個：第一，需要加班；第二，放工後沒約會。

心情差，這也無可厚非。

「交給我簽收吧！你站着發什麼呆？沒見過美女塗脂抹粉麼？」她透過語言暴力，在我身上發泄不快。

我平靜地說：「你不能簽收。」

「什麼？」她的「火氣指數」升級。

「這份急件必須由胡律師親自簽收。」我打開檔案夾，佯裝閱讀速遞指引之類，「這是什麼…… 信託基金會，即寄件人訂立的交收條件。」

「基金會……」祕書小姐不得不收起怒火，將信將疑地伸長脖子，偷看我的檔案夾。

我「啪」的把空白的檔案夾合上。兩塊硬紙皮相夾，產生一陣氣流，吹亂她頭頂十來根長髮。我以堅定的語氣說道：「沒錯，寄件人的指示簡單、清晰、明確。如果胡律師不親自簽收，文件原封退回。」

她用手指把長髮撥到腦後，惱道：「一併拿來吧。」

我把公文袋和收條交到她手上，趁她轉身，把一隻「飛行蜘蛛四號」彈到她的裙襬下方，附着。

「飛行蜘蛛四號」是多功能微型竊聽器的第四代改良版，長1.3厘米，裝有攝錄和收音儀器，還有八隻伸縮機械爪，能安穩地附在任何物質表面。

待祕書小姐走遠，我挨着接待處櫃枱，把袖珍收音器塞進右耳孔裏，再用右手扯高左腕衣袖，露出手錶型的遙控器，按鍵把偽裝的時間模式切換為監視模式，「錶面」現出穿上絲襪的小腿和高跟鞋的後跟。鏡頭搖晃不定，充分反映出祕書小姐搖風擺柳的步姿。

「再見，阿美。」收音器傳來同事跟祕書小姐的對話。

「再見，你們今晚要盡興噢。」祕書小姐語氣酸溜溜地回答，看來收音效果極佳。

「咯咯……」是敲門的聲音。

「嘎——」門打開。

「怎麼了？」是一把男聲，語氣有點忐忑。

「信託基金會送來的急件，指明要你親自簽收。」

「收條，拿來。有沒有筆？」

機會來了，我用指頭在「錶面」的輕觸屏幕點了一下。鏡頭角度轉移。「飛行蜘蛛四號」從祕書小姐的裙襬飛走。我遙控它貼近地毯飛行，從一雙十號男裝皮鞋之間，飛進胡律師的辦公室裏，穿越兩雙沙發腳、兩雙茶几腳，到達牆緣，便沿牆而上，最後降落窗台，伏在百葉簾下面。

職員相繼下班，在我身邊經過。我收起衣袖，垂手而立。接着祕書小姐滿臉冤屈的走出來，把收條半塞半擲的還給我。

嘩！這是什麼態度？稍遲下班、拿文件給老闆簽收，理應是作為祕書的分內事吧，幹嗎扳着臉？我當然不會花費嘴舌教導她今時今日應有的服務態度。這不是我此行的目的。取過收條後，我急步離開律師事務所，躲進走廊盡頭的男廁裏，繼續遙控「飛行蜘蛛四號」。

我首先調度鏡頭，讓「飛行蜘蛛四號」從窗台向內拍攝。

辦公室裏，只有賈夫人和胡律師。兩小時前，露絲從香港把胡律師的資料電郵給我參考。此人現年三十八歲，北京大學法律學院畢業，是賈會長的事務律師，高大英俊，國字口臉，酷愛健身，擁有六塊腹肌，惟一的缺點是，前額髮線上移愈來愈嚴重。

胡律師已把我送來的公文袋拆開，取出一疊白紙，擲在桌面，罵道：「他們派人速遞一疊白紙過來，到底什麼意思？」

「或許，寓意我們一無所得吧。」賈夫人拈起一張白紙，前後瞧瞧，隨手丟在地上。

「這分明是宣戰！你放心，這場仗，我們一定是勝利者。」

「世上豈有必勝的官司？不要再騙我了。」賈夫人踱到長沙發前，把咕臣挪到左邊的靠手，權充靠枕，慵懶地側身躺下。

「唏，我怎會騙你呢？」胡律師伸出舌頭舔舔下唇，像一頭忠心的哈巴狗，跪到賈夫人腳前，替她按摩小腿，「我的會計小組已把賈家的財產算得一清二楚，我保證賈家一分錢都不會少。」

「你有會計，難道人家沒有麼？只怕到頭來，我們白辛苦一場，最後只有幾張白紙。」賈夫人幽幽地埋怨。

「別說這些喪氣話了。我們同坐一條船，只要同心協力，就無懼風浪。唉！說到底，賈老頭死得太早、太突然，打亂了我們的部署。若再多給我半年時間，我一定可以把賈家的財產轉到你名下，基金會便奈我們不得。」

「他，也不想死。」

「賈老頭怎會平白遭人刺殺？那個被捕的女人，一直不肯承認殺人。如果她不是真兇，到底是誰？」

「我怎知道？」賈夫人的聲線略為提高，「人人都這樣問我，好像我有份兒謀殺親夫。」

胡律師呆了一呆，馬上陪笑道：「我當然不是這個意思。這事我最清楚，他死了，對你沒有好處。聽說檢察院昨天派人到賈家調查，案情是不是有新進展？」

「畢小玉懷疑是河東村的農民所為，為要阻止收地。今天，那丫頭還陪檢察院的人往河東村跑一趟。」

「河東村…… 說起河東村，那個開發項目是一塊肥豬肉，相信基金會定必不惜一切奪回。」

「我們也要不惜一切保住河東村。老頭子的投資眼光一向準確，他花了不少鈔票賄賂這個、賄賂那個，才使得有關單位大開綠燈。老頭子說過，河東村、河西村的發展項目大有可為，將來必賺大錢。」

胡律師頻頻點頭，像隻啄木鳥。

賈夫人接着說：「現在土地已收得七七八八。這塊到嘴邊的肥豬肉，決不能掉了。」

「失去肥豬肉，我還有天鵝肉。」胡律師趴上前，雙手捧着賈夫人的臉蛋，親了她的嘴唇一下：

「呸！流氓……」賈夫人把他推開，似笑非似的，

「我沒心情跟你胡鬧。」

「我是認真的，皇天在上，我沒半點胡鬧之意。我盡心盡力為你，這片心，你還不相信……」

「過了這一關，我們共享富貴的日子，來日方長。」賈夫人坐直身子，拉正衫裙，「我要回家了，陪臨兒吃晚飯。」

「對，做不成賢妻，亦要當良母。」胡律師為她開門，「我送你。」

我操控「飛行蜘蛛四號」飛離窗台，一路尾隨兩人。

他們規規矩矩的走到接待處。祕書小姐趕快離座，殷勤地拉開玻璃門，為賈夫人按停升降機，與胡律師並肩站在升降機門前，臉上堆滿虛偽的笑容，一同鞠躬道：「賈夫人，請慢走。」

在升降機裏，訊號接收不清，我放棄跟蹤賈夫人，把「飛行蜘蛛四號」停在升降機門邊的垃圾桶後面。

賈夫人步進升降機，門關上。

胡律師和祕書小姐隨即收起笑容。

「討厭！」祕書小姐瞪眼扁嘴叉腰頓足。

「哎喲，寶貝，不要這樣。美容專家說，經常拉長臉孔，眼角會長魚尾紋的。」胡律師捧着祕書小姐的臉蛋，親了她一下。

「我最討厭你跟她躲在房間裏鬼混！你這些花言巧語，留來哄她好了！」祕書小姐作勢掙扎，只扭擺身子，頭卻靠在胡律師胸膛。

「寶貝，你暫且忍耐，過了這一關，我把她的錢挪到我名下，到那時，我們共享富貴的日子，來日方長。」

壞蛋！非教訓不可！

我切換至攻擊模式，「錶面」顯示一個十字形的瞄準圓環。我旋動「錶框」，把十字的中心點鎖定胡律師的屁股，從耳孔裏抽出收音器，按——鍵——

「飛行蜘蛛四號」射出一根牛毛飛針。

「呀——」

廁所外，傳來一聲宏亮的、持續的、淒厲的、慘絕人寰的嚎叫。

III 決戰紫禁之巔

闊太林裏暗燒衣、宅兒子迷失於虛幻、
草帽人直認殺人……兇手是誰？
只道真的假不了，假的真不了。

1

圓月當空。

蟲鳴唧唧。

皎皎月色遍灑銀杏林，月光清輝透過枝葉間的空隙，疏密有致的照在落葉堆上，光影斑駁。入秋以後，扇狀的銀杏葉紛紛辭枝掉落，在林間鋪成滿地金黃。我踏着月色，站在落葉之上，撕了一小片葱油餅，拋進口裏，慢慢咀嚼。

穿過銀杏林，前面就是賈府大宅。

Chit緬懷銀杏飄香，今晚我因鼻塞而嗅不到，真可惜。

賈府大宅燈火通明，沒丁點兒舉喪的氣氛。新寡的賈夫人亦不見喪夫之痛，天天打扮如粉蝶似的招搖過市，又跟胡律師躲在辦公室裏胡混。胡律師背地裏卻密謀侵吞賈家的財產。賈會長生前千方百計賺錢，地下豪宅愈建愈寬廣、愈建愈豪華。怎料他兩腳一伸，屍骨未寒，老婆偷漢，財產不保，這令我想起《聖經・路加福音》十二章的一個無知財主的比喻：

眾人中有一個人對耶穌說：「夫子！請你吩咐我的兄長和我分開家業。」耶穌說：「你這個人！誰立我作你們斷事的官，給你們分家業呢？」於是對眾人說：「你們要謹慎自守，免去一切的貪心，因為人的生命不在乎家道豐富。」就用比喻對他們說：「有一個財主田產豐盛；自己心裏思想說：『我的出產沒有地方收藏，怎麼辦呢？』又說：『我要這麼辦，要把我的倉房拆了，另蓋更大的，在那裏好收藏我一切的糧食和財物，然後要對我的靈魂說：靈魂哪，你有許多財物積存，可作多年的費用，只管安安逸逸的吃喝快樂吧！』上帝卻對他說：『無知的人哪，今夜必要你的靈魂；你所預備的要歸誰呢？』凡為自己積財，在上帝面前卻不富足的，也是這樣。」

究竟，誰殺死了賈會長？

我當然不會認為是上帝，因為他不配上帝親自動手。

公安一口咬定兇手是Chit，但證據薄弱。主要證人瑛姐，只看見Chit站在死者旁邊，並沒有目擊行兇過程；站在屍體旁邊，不等於殺人，這是一個重要的疑點。物證方面，兇器——開信刀——上面沒任何指紋，公安推測Chit行兇後，把兇器的指紋抹淨，可是推測不能作為證據。至於殺人動機，賈會長不是Chit的仇家，兩人之間不存在宿怨舊恨，Chit更是賈會長的客人，她進入兇案現場大約一分鐘後，瑛姐便大叫殺人；換句話說，如果Chit是兇手，她一進書房就動手殺人，還高難度地，先在賈會長面前拿起桌上的開信刀，再繞到賈會長背後，用開信刀刺他，賈會長不可能坐以待斃。說到底，Chit既沒動機，也沒足夠時間下手。

Chit不是兇手，所以，我站在這裏，要還她一個清白。

兇手不是Chit，會是誰呢？

賈夫人、胡律師到目前為止，只想謀財，不想害命，兩人雖有可疑，但都不似是兇手。

看來，賈會長另有仇人，要把他置之死地。那人是誰？

商場如戰場，賈會長在商界打滾幾十年，難免到處樹敵，開罪不少人；然而，做不成生意，總不能殺掉競爭對手吧？何況做生意這回事，沒永遠的敵人，只要有利可圖，條件合適，競爭對手有朝一日會成為合作夥伴。

我託香港的露絲查了半天，在可以查到的賈會長營商紀錄裏，並沒有發現「足以致命」的生意。至少表面上沒有。暗地裏的，我無從得知，惟有把疑兇來自商場對手的假設暫時放下。

這刻，剩下的疑兇，就只有草帽人。

農民將世代賴以維生的田地視作命根子，賈會長收地，等於要了農民的命，他們自然跟賈會長拚命。草帽人路見不平而替農民出頭，毫不出奇。穿林入戶，極速殺人，避開守衛，全身而退，對一個武林高手來說，簡直輕易而舉。如果草帽人是武林高手，他做得到，我也做得到。我嚥下最後一片葱油餅，用衣角擦淨指頭的油膩，換上具備夜視功能的墨鏡，作幾下壓腿熱身，拉幾下筋，預備以最科學的方法，測試穿越銀杏林入屋殺人是否可行。

熱身好了，我雙膝一彎，「咻」的彈離地面，飛上樹梢。

銀杏樹高大挺拔，風嘯葉晃，人隨葉動，身如風輕。

我輕輕巧巧的由一株樹躍到另一株樹，這動作與樹林的自然韻律，融為一體，動作產生的聲音化成夜裏的萬籟。幾個起落，已躍近大宅。

歐洲式建築，窗戶寬闊又沒窗格子，足夠一部三門雪櫃垂直通過。

我看準書房兩扇敞開的大窗，縱身抱膝而入，無聲無息的落在書房中央。

剛除下夜視眼鏡，書房門「卡」的作響—— 有人進來。我曲身一滾，滾到書櫃旁邊，單膝跪地，縮在一張花梨木長椅後面。

「阿Wing叔叔……」

是畢小玉。可惡！

我挺直腰板，偷偷瞟一眼，確定只有她一人。她輕輕掩門，四下張望，像隻偷吃奶酪的小老鼠。我站起身，沉住氣，壓低嗓門，板起臉孔嚴厲地說：「我不是你的叔叔，不要再叫我叔叔。」

「嘻！放鬆些，我尊重你輩分高嘛。你看──」畢小玉原地轉圈，甩一下頭，問：「髮型如何？我已遵照你的吩咐，做了負離子。」

「效果不錯。」我拿她沒辦法。

「你穿林入戶的身法，好俊啊！」

「還是給你看見了，真失敗！」

「不，我是刻意監視才發現的。其餘的守衛，沒一個看見。」

「你怎麼知道我會來？」

「我聰明囉，猜中你的心意。現在我們有足夠的理據，解釋兇手如何避過守衛和閉路電視進來殺人。亦即是，我們已多一項佐證，證明草帽人就是兇手。」

「是不是他，目前言之尚早。待明晚一戰以後，才可揭盅。」我換上近視眼鏡，「反正來了，我想往賈會長平日辦公的地方走走，翻查他的電腦紀錄。你帶我去吧。」

「這個…… 似乎…… 不大合宜。」

「你儘管放心，我只為找出賈會長被殺的真相。他幹什麼勾當，合法的、非法的，我一概不管。」

「那…… 好吧。在地下室負四層。」畢小玉勉為其難地答應，「我帶你去吧。」

「走。」

畢小玉從口袋裏掏出一條繡花手絹，說：「給你。」

「嗄？」

「你的嘴角粘着一片葱。」她湊過來，吸氣，「你吃過葱油餅吧。夠飽嗎？我帶你到廚房吃點心。」

「點心，辦完正事才吃。」我用衣袖抹抹嘴角，催促她離開書房。我沒接過手絹，因它太精緻了，我不好意思拿來抹嘴。

「這邊走。」畢小玉把手絹抓作一團，塞回口袋裏。

她居前，我隨後，悄悄經過走廊，來到玄關，乘升降前往下層。

在升降機裏，我靠着牆，雙手抱胸，問：「怎麼不見其他守衛？」

「我把他們調到前門和大閘。」

「全部？」

「不，負四層還有兩個。」

升降機在負四層停定，畢小玉俏皮地眨眨她的單眼皮，說：「不用擔心，他們是熟人，你認識的。」

「熟人？」我在賈家並沒相熟的。

*　　*　　*

門打開——

「阿Wing叔叔——」門外兩名守衛齊聲招呼。

我登時打個冷顫。

原來是畢大鵬和畢二虎。他們是三胞胎，都是單眼皮；兩兄弟長相一模一樣。我對「叔叔」這個「尊稱」開始麻木了，他們不尊稱我「伯伯」已很好，算是一個退而求其次的安慰吧！

「哥哥他們今午才返抵北京。」

「嗨，大家好，幸會，別來無恙嗎？都長高了，愈來愈強壯。」我唯唯諾諾。

「哥哥，我帶阿Wing…… 往賈會長的工作間。請替我們把風。」

「沒問題。」不知是畢大鵬還是畢二虎拍拍心口。

「左邊。」畢小玉領我往左拐。

Chit說得不錯，地下室建得非常豪華，裝潢金碧輝煌，廊子的牆上掛滿價值不菲的字畫，陶瓷盆景擺設不在話下，中庭更築了假山假石，設有小橋流水，橋下游着一對娃娃魚。我們跑過小橋到達招手迴廊的另一邊，右側的房間傳出陣陣槍炮聲、慘叫聲，還有刀刃劃破空氣、剖開肌肉的聲音，聽得出來，那是online game的音效。

「房間裏的是賈臨？」我相信沒猜錯。

「嗯。賈會長逝世後，賈夫人把賈臨收在這房間裏，除了私家看護、每天到診的醫生外，不准外人騷擾。」

「為什麼？他患上傳染病嗎？」

「不，她的理由是，賈臨突然喪父，大受刺激，需要接受心理治療。」畢小玉指指前方，示意繼續向前走。

「心理治療？讓他玩這種血腥暴力的online game，是以毒攻毒嗎？」我不以為然。

「治療的事，我不懂。醫生自有專業的方法。」畢小玉一派事不關己，「賈會長的工作間就在這裏。」她取出磁卡，在門上的感應器拍了一下，門鎖「喀」的跳開。畢小玉推開房門，房內的天花燈、案頭燈、壁燈、地燈，統統自動亮起。

我徐徐入內，環視一周後，逕自走到辦公桌前，開啟桌上的電腦。

「嗶……」

電腦硬碟運轉一會，屏幕畫面顯示「輸入密碼」視窗。

我抬頭望着畢小玉。

她茫然地搖頭，又是那副事不關己的表情。

我是有備而來的專業特工，周身法寶，區區一台電腦，難不倒我。我笑了笑，取出一片USB，插進電腦的槽溝。USB內含一個由「電腦小子」阿莫編寫的「黑客程式」，專破「輸入密碼」的設定。

畢小玉呆坐一旁，不看，也不作聲，如坐針氈。我明白的。她的處境相當尷尬，既是保安組長，卻又助我偷看老闆的私人電腦，她現在所能做的，惟有視而不見，聽而不聞。

「咇——」

密碼破解了。電腦順利開啟。我推按滑鼠，點擊「檔案總管」，找出一大批交易紀錄。賈會長的生意瓣數真多。不出所料，有合法的，也有非法的。非法的項目，有販賣人體器官、走私軍火……

我點擊「軍火」一項，屏幕現出一列清單。嘩！主要的收貨地區包括拉丁美洲、非洲、中東、東南亞、東歐……果然是全球貿易，無遠弗屆。負責交易的中介人叫舒華沙。我知道這個人，他在烏克蘭出生，前KGB特工，蘇聯解體後，一度為俄羅斯黑幫賣命，後來銷聲匿迹，原來當了賈會長的跑腿。

軍火走私屬於「致命的生意」，可由此入手，追查賈會長的橫死與軍火有沒有關係。

我把檔案下載至USB。

畢小玉盯着我，似要阻止。

「不用擔心，查出兇手後，我定會刪除所有檔案。」

下載完成。待要關機，瞥見檔案清單中另有一項「河東河西發展項目」，憶起賈夫人曾在律師事務所說過，賈會長花錢「賄賂這個、賄賂那個」，在好奇心的驅使下，我打開檔案——

不同單位的大官小吏，上上下下，二、三十人。姓名、款額、時間、地點，均有詳細紀錄。

我順手牽羊，一併下載。

此時，房門推開一道縫，其中一個畢氏男孩的半張臉出現於縫隙之間，緊張地說：「賈夫人正乘升降機下來，你倆趕快迴避。」

我連忙關掉電腦，畢小玉關燈。待要離開，畢氏男孩卻在外面掩上房門，特意朗聲喊道：「賈夫人，晚安。」

她來得真快，我和畢小玉貼在門邊，不敢稍動。

「你兩兄弟都在這裏，沒事做嗎？隨我來，我要去看臨兒，這兩天孩子脾氣不好，一鬧情緒就摔東西，待會兒他摔什麼，你兩個就接什麼，不許摔破一件，明白嗎？」

雖然隔着門板，賈夫人那張頤指氣使的嘴臉，彷彿破門而至，逼人而來，真想衝出去打她兩記耳光，糾正她的錯失。她應該好好管教兒子，教導他不能亂發脾氣，亂摔物件，卻反過來命人接住他所摔的物件，簡直是顛倒是非。二十歲的宅男，不事生產，終日躲在家裏上網，沉迷電玩，就是父母溺愛、縱容的惡果。

昏暗中，畢小玉扯扯我的衣袖，然後拉開房門。

賈夫人和畢氏兄弟已走進賈臨房間。

我和畢小玉躡手躡腳的逃過小橋，背後，賈臨的房內傳出「乒」的一聲。

不知摔破了什麼東西？

2

站在拘留所門口，我感到左右為難，心情納悶。

今早，露絲來電告知舒華沙的死訊。她昨晚收到我的訊息，便透過特工網絡，全球追尋舒華沙的下落，清晨六時，她收到日本國際刑警回覆，原來舒華沙兩天前在東京遭人用武士刀刺斃，兇手是個有黑幫背景的十五歲半少年。

日本黑幫常招攬和訓練十六歲以下的少年殺手，因他們受少年法保障，可豁免刑責，即使被捕，亦無須坐牢。故此，日本黑幫的少年打手常抱着「無後顧之憂」的心態犯案，令日本警察大為頭痛。

賈會長、舒華沙遇害的時間如此接近，巧合得可疑。

一人死於北京，一人死於東京，前者是北京財主，後者是前KGB特工。兩人之間惟一的牽連，就是軍火走私。所以，軍火走私極可能是兩人致死的原因，我們的調查方向應轉到軍火買家、或者有關人等。

如此說來，兇案跟Chit的距離愈來愈遠。

與露絲談完電話，我趕快跑到拘留所，坦白跟Chit交代。我已找到很多疑點，印證她不是兇手，若在香港，警方已因證據不足而放人，至少也讓Chit保釋；可惜這裏是北京，兩地法制不同，疑點利益不一定歸於被告，提出疑點不足以令Chit獲釋，我還要設法證明Chit是清白，而最有效的明證是找出真兇。如果案件跟軍火走私有關，買家可能在日本或更遠的地方，我不可能在短期內破案，再者涉及權責問題，日本國際刑警的案件，不容我插手。在攔阻重重的情況下，更直接的、更簡單的、更快捷的解決辦法就是——劫獄。我絕對有把握將Chit救出拘留所，再送她往國外，比起無了期的追查真兇，更省時省力，而她就不用無了期的被囚。

我滿以為Chit會一口答應。

誰知，她竟拍案大罵，說她清清白白的進來，就得堂堂正正的由同一個門口出去；又說如果我嫌花時間、花精力，大可撇下她飛返香港，讓她在北京坐牢。

我阿Wing做事向來有始有終，明知Chit是清白，更不會撇下她不管。

這個老人家固執非常，真是！

她有她的原則，我有我的限制，我不是福爾摩斯、黑臉包公，對於這宗無頭公案，我感到縛手縛腳。

我憋住一肚子氣，跑出拘留所，站在門外深呼吸幾下，舒緩一下壓力。剛吐出第四口悶氣時，三輛警車從左、中、右三面衝至，跳下一批公安武警，在正門的台階下列成一個小方陣。很明顯，他們是衝着我而來的。

他們搞什麼？

路人紛紛駐足觀看，十來個騎自行車的亦停下來，聚在一旁指指點點。

王同志叼着香煙，從左側的警車步出，大模大樣地站到武警前面，以喊破喉嚨的聲線嘶叫：「臭小子，你弄虛作假，意圖瞞騙咱們公安局。在太歲頭上動土，好大的膽子！」

「你不尊稱我作書記大人了嗎？」

「呸！我已查得一清二楚。你那個什麼…… 北京國安局暨檢察院…… 特殊刑事案件聯合…… 覆檢委員會轄下第二…… 工作小組特別顧問團，根本不存在。」

「你現在才查出來，效率未免太低了。作為公安，這種表現不及格啊！」

「臭小子，這個時候還信口雌黃，簡直不把咱們公安局放在眼內，我王大爺今天饒了你，公安幹警哥兒們也不會放過你。」

「老實告訴你，我以前用假身分，為的是掩飾我的機密身分。我真正的身分，你這種低級幹部，還不夠資格知道。」

「哈！大禍臨頭，還吹牛皮！」

「你不信？打個電話到國務院總理辦公室吧。」

「總理辦公室……」王同志一怔，香煙從口中掉落，趕忙回身跟一個公安隊長交頭接耳。片刻，他們似有共識，那公安隊長高聲下令：「陳七、黃五、林九，嚴密看管！」

「是！」三人搶出方陣，直奔過來，品字形的把我包圍，一動不動。三人體格魁梧，像三根電燈柱豎在我的前方與左右，除了折返拘留所外，我全無去路可言。

王同志七手八腳地從手提包取出電話。關乎國務院總理辦公室，他不敢冒險，寧信其有，恐怕一不小心，開罪總理辦公室，他真的擔當不起。

「你們誰是陳七？黃五？林九？名字真酷。」我乾脆坐在石階之上，表現得漫不經心，心裏苦思着脫身之計。

三人挺胸肅立，六隻眼睛烱烱的盯着我，不發一言，果然是嚴密看管。看來不易脫身。

王同志開始按電話鍵。

「嘩！」我指着左前方的天空，「外星飛碟呀！」

所有人不約而同地隨着我手指的方向看去，陳七、黃五、林九卻始終緊盯着我，一眼不眨。

王同志把電話貼在耳邊，等待對方接聽。

「嘩！美女呀！」我從地上跳起，指着右前方。

這趟更是無人中計。陳七、黃五、林九更欺近身子，動作一致地右手握住槍柄，預備隨時拔槍。

「嘻嘻，不用緊張，我坐下，我坐下。」我抽抽褲管，彎腰作勢坐下。

三人同時退後一步。就在他們的右腳離地之際，我施出左右「鳳眼拳」，快速絕倫地痛擊左右兩人的左腳脛，兩人「唷」的一聲，失去平衡，雙雙滾落台階。前方那人右腳踏穩，拔出手槍。我俯身趨前，抓腕奪槍，補上一掌，把他震飛，撞向一眾武警。我的攻擊當然不止於此。當武警健碩的身軀一離地面，我緊貼躍出，如影隨形；當他撞開人牆一道空隙，我便從空隙穿過，躍到王同志身前，右手擎槍抵住他的眉心，左手搶走他的電話，扔掉。

「電話聯繫不夠直接，我帶你到國務院找溫總理喝茶。」

「不敢…… 高攀……」王同志翻起一雙「鬥雞眼」望着眉心之間的槍管，「我不…… 渴……」

「別客氣，溫爺爺是人民總理，隨和又好客。」我拉開一輛警車的車門，「喂！你們放下手槍，我請他去喝茶聊天。只要大家合作，這裏沒人受傷。」

武警隊長投鼠忌器，揚聲叫道：「王同志已成人質，為了人質安全，大家不可輕舉妄動。」

我把王同志趕進車廂，隨即跳上駕駛座，發動引擎。駛離拘留所前，我再放了兩槍，射破另外兩輛警車的輪胎。

「小子，你想…… 怎樣？我警告你，中國公安……不好惹的。」

我踩油加速，警車駛上大路，瞧瞧倒後鏡、左右側鏡，追兵還未趕到。我略為減慢車速，跟王同志談判，說：「你聽清楚，我既沒惡意，也不會傷害你。我只想調查賈會長被殺的真相，找出真兇。」

「這是公安的事。」

「也是我的事。你們作你們的，我作我的，河水不犯井水。只要你們不麻煩我，我不會搞事的，如何？」

「這個……」

「我們來個君子協定吧。」我煞停警車，正正的在地鐵站外面，「我把真兇交給你，讓你領功。」

「真兇早就關在拘留所裏。」

「王同志，彼此心知肚明啦！疑點那麼多，你們根本沒有足夠證據說明是Chit殺人。」

王同志微微垂頭，道：「說也是的。」

「就這樣決定吧，對你，只有益處，沒有損失。記住，拘捕殺死賈會長的真兇，即升官發財。」

「好。」王同志答應，「你需要我協助嗎？」

「有需要的話，我自會找你。現在要委屈你了。」

「什麼意思？」

「啪——」我一掌把他砍暈，然後推門下車，一邊走進地鐵站，一邊卸去警槍的彈匣、拆下槍管，把配件逐一擲進路旁不同的垃圾桶裏。

身後——

「唦……嗚……」警車來了。

*　　*　　*

我連忙跑下地鐵站。二號線月台的列車即將開出，那就乘搭二號線吧。車門關上之前，我一個箭步竄入車廂，選了角落裏的位置，縮在座位上。

列車開行。

幾個公安武警追至，在月台上東張西望，不知該追截哪號線的列車？

列車駛進漆黑的管道。威脅解除，我坐直身子。突然，在車廂的最前端，我發現賈家的司機，他的坐姿跟我的差不多，同樣由縮坐改為坐直，他為什麼如此鬼祟？莫非也害怕被月台上的公安發現？剛才的公安是追我，不是追他，他怕什麼？所謂作賊心虛，他一定有占怪。

我轉到車廂中部一個較接近他的座位，仔細監視。他一直抱着一根用報紙包裹的棒狀物件，牢牢的擁於胸前。那物件似乎十分重要，也似乎見不得光，否則，他不必害怕公安，而且，他不開賈家的車子，改坐地鐵，顯然在幹私幫勾當。可疑！

我決定跟蹤他。

他在前門站下車。前門大街屬北京市的中心地帶，自古就是繁華地段，店舖林立，遊人如鯽。為免跟掉，我亦步亦趨。司機沿自動樓梯重返地面後，筆直的走向大柵欄步行街去。路人又多又雜，反成了我的掩護，他幾次回頭張望，看來擔心被跟蹤，但始終沒察覺我跟在後頭。

他經過裝飾得古色古香的星巴克咖啡店，轉進後街的胡同。胡同之內路狹多坑，弄巷縱橫交錯，細小的店舖鱗次櫛比，食店尤多，湘菜、川菜、粵菜、烤鴨、東北家常菜、大餡水餃、山西刀削麪、涮羊肉等各式牌匾，高高低低的懸於店外，爭取路人青睞。司機避開運載煤球的木板車，穿過湘菜館和餃子店之間的窄巷，登上一道木樓梯前，走了三級，再回頭多看一眼。

我機警地閃進餃子店。

「先生，請問吃什麼？」

「札幌拉麪。」

「我們專賣餃子，款式很多，有湯的、煎的、蒸的，餡料有豬肉、牛肉、羊肉和素菜，你要嚐哪一種？」

「法蘭西多士。」

「撞騙的！滾開！」

「恭喜發財。」我退出餃子店，登上木樓梯。

樓梯通往一家古玩店。我輕輕推開店門，門頂的鈴鐺震了一下，發出清脆的「叮鈴」……

「歡迎光臨，請隨便參觀。」店內傳出一把低沉的男聲。

這兒十足一間雜貨店，「貨品」隨意擺放，雜亂無章，我小心翼翼地跨過通道上的釉瓶、瓷缸，踩着「伊伊喀喀」的木地板，繞過一個工筆畫屏風，迎面是一個花梨木櫃枱，櫃枱內、外各站着一人。櫃枱外的是司機，裏面站着一名老者，正把一疊鈔票遞給司機。

「是你？」司機察覺進來的是我，大為吃驚。

我一逕走到櫃枱前面。枱上攤開一幅書法卷軸。鑑貌辨色，我已猜到幾分，便指着卷軸嚷道：「啊！我認得這幅書法，是……」睨一眼上、下款，繼續嚷：「是傅山的……《孟浩然詩》。我在賈家見過。你偷老闆的東西出來變賣！」

「我這裏不買賣賊贓。」老者立即收回鈔票。

「請聽我解釋……」司機懇求道。

老者搶着說：「我不聽。你們出去，不要沾污我的地方。我一生正直，從不招惹官非，買賣古玩最重要的是誠信。」

「打擾了。」我抓起枱上的卷軸，走到古玩店門外，靠着木樓梯的扶手，把字畫重新捲好。司機無可奈何地跟在我後面，低聲下氣地說：「可否給我一次機會？我上有高堂，下有妻小，不能坐牢。」

我用卷軸搔搔背脊，以商量的口吻說道：「老實說，我只為調查賈會長的案件而來，其餘的事沒興趣多管。這樣吧，你若提供破案線索，作為交換，我可以放你一馬。」

「我怎會有線索？你……這不是為難我嗎？」

「那麼，這幾天，賈家有沒有什麼可疑、奇怪的事情發生？」

「沒有吧。」

「沒有嘛。跟我到公安局吧。我把卷軸交給他們處理。」

「等一下……我想起一件不太尋常的事。我從沒跟別人提及，不知道對你有沒有用？」

「說來聽聽。」

「賈會長被殺第二天的黃昏，公安收隊之後，賈夫人獨自在車庫後面的樹林裏燒衣。」

我悶哼一聲：「噓！老公過世，老婆燒衣，有何不尋常？」

「她燒的不是金銀衣紙，我遠遠看見，那是一件真正的衣服。琰姐她們都在大屋前面燒冥鏹，她卻在樹林裏燒衣服。這還不可疑嗎？」

「你當時在哪裏？」

「我在車庫裏抹車。」

「那是什麼模樣的衣服？」

「我看不清楚。」

「你沒有走過去嗎？」

「我只是下人，夫人沒吩咐，我哪敢騷擾她？」

「你不是她的心腹親信嗎？」

「別說笑了。她是賈家的女皇帝，我是她的一個奴才罷了。」

「奴才偷主子的字畫，吃裏扒外，哈，有趣。」

「實不相瞞，我欠下賭債，走投無路，才出此下策。」

賈夫人「燒衣」的確可疑，我拿卷軸指着他的胸口，嚴肅地問：「你的意思是，懷疑賈夫人殺夫，或者串謀殺夫？」

「不！賈會長死了，對她有百害而無一利，她沒道理殺死丈夫。」司機拚命搖頭，「你要可疑、奇怪的事，我便跟你說。背後有什麼因由，我全然不知。」

「唔，可有別的嗎？」

「只有這件。」

「把它放回原處。」我把卷軸塞給他，「下次我到賈家，自會檢查。」

「謝謝。」司機抱着卷軸，三步作兩步的跑下樓梯，奔出胡同，生怕我改變主意。

我坐在樓梯上，手托下巴，琢磨賈夫人「燒衣」一事，雖則可疑、奇怪，但與賈會長被殺之間，似乎沒有直接關聯，最重要的是，正如司機所說，她沒有殺害丈夫的理由。不過，這條線索值得跟下去，這次找王同志出面，最為合適。他想協助我，現在就有機會了。

「讓路，讓路。」運送煤球的工人一面吆喝，一面拉着木車，從樓梯旁邊經過。

我想起陳昌敏〈北京行〉組詩的其中一段：

一聲吆喝

運煤的女同志拖着木板車

衝下斜坡去

同是一聲吆喝

踏着自行車背後

載着山高的豆腐板

的同志拐過衚衕

留下一陣清甜的

豆腐香

突然想吃一碗山水豆腐花，不知附近可有賣豆腐花的店舖？

3

天安門廣場

是一張大大的方格紙

時間是塊橡皮

擦去許許多多的往事

主席頭像俯對

兩枝中華牌鉛筆

的標記

這段詩句，同樣出自陳昌敏的〈北京行〉。

中華牌鉛筆以故宮門前的華表作標記。

我剛從一枝「中華牌鉛筆」之下走過。午夜過後，在天安門賞月、賞花、賞燈、玩燈的人漸次散去。中秋佳節，人月兩團圓，我一人孤零零在北京，周遭的人，不是一家大小，就是雙雙對對，獨我隻影形單，好不寂寞。然而，我的境況總勝過Chit，她隔了一道鐵窗賞月，實在可憐。

入夜以後，我接連收到兩個壞消息。第一個是露絲的來電，她轉告日本國際刑警的調查結果：舒華沙醉酒鬧事，在歌舞伎町調戲一名日本少女，少女的小男友挺身護花，初則口角，繼而動武，最後出刀，舒華沙命喪刀下。案件不牽涉任何陰謀、宿怨、買兇殺人、非法走私。換句話說，舒華沙的死，跟賈會長的死，時間相近，純粹巧合，毫無關聯。

線索又斷一條。

第二個壞消息，來自王同志。他查問過賈夫人，銀杏林燒衣一事，她直認不諱。她說銀杏林是夫妻倆經常散步之處，她特地選了一件賈會長生前最喜歡的衣服，在林裏化給亡夫，以慰亡夫之靈。賈夫人的解釋，雖然不盡不實，但站在法律的角度，她完全說得通。

線索再斷一條。

餘下的只有草帽人。今夜，他約我在太和殿頂比武。

此時，故宮的開放時間已過。不過，自古以來，在武林高手眼中，沒地方是不開放的，管他大內禁苑，一概來去自如。

走着走着，我已神不知鬼不覺的攀越東面的雁翅樓，翻過高三十五米的午門門樓。午門是紫禁城南面的入口，與北面的神武門遙遙相對，連成一條貫通紫禁城的中軸線。午門的設計很特別，左右兩觀城牆，向外伸出成兩翼合抱，無論從平面或立體，看起來像個大「凹」字；若與我身後的天安門廣場併在一起，則是個大「凸」字，不管凹或凸，氣勢雄偉非凡。午門的正中門，古時只供皇帝進出，大婚時的皇后、殿試及第的狀元，可以破例進入一次。這時候，大門已閉，我偷入紫禁城，當然不宜走正門，只能翻牆而過。

過了午門，前面是彎得像拉弓一般的金水河。誰對皇帝心懷不軌，就在此給誰一箭穿心。我此行與皇帝無關，金水河過得心安理得。

跑過漢白玉石築成的石橋，再躍上太和門左側的矮牆，全中國最高、最大的宮殿——太和殿，就在眼前。太和殿由平地至屋脊，整體佈局呈「土」形，由七十二根巨柱支撐，其中六根瀝粉蟠龍金柱分列殿內寶座兩側，龍頭朝內，把全殿焦點集中於龍椅寶座上的「天子」，取其意「時乘六龍，以御天下」，即天下的命運操於一人之手。歷史告訴我們，這些「天子」生於深宮之中，長於婦人之手，能者少，庸才多，既不通世務，也不識民間疾苦，有些更是年幼登基，連成人身分證也沒資格領取，就主理國家大事，老實說，我阿Wing肯定比他們稱職。可喜的是，最後一個在太和殿稱帝的袁世凱，已是一百年前的封塵舊事。中國再沒皇帝，畢竟是蒼生之福。

抬頭，圓月之下，重檐廡殿頂的獸脊之上，依稀坐着一人。他果然來了。

我提氣拔足，奔上八米的雲龍丹陛，飛身躍過漢白玉欄杆，選了左側第一根大紅漆柱，手足並用的攀緣而上。不消三秒，右手已握緊檐端的筒子瓦，作為支點，雙腿抵住殿柱，使力一蹬，身子向後擺盪，腰一挺，打個後空翻，利落地飄降檐角。本來姿態瀟灑，沒料到琉璃瓦滑，我大意滑了一下，差點踢毀其中一隻脊獸「狻猊」，幸好抓住「龍」和「鳳」，及時穩住腳步，才不致破壞國寶。成功登上第一層殿頂，我爭取時間，沿殿脊直上，至第二重檐下，距離較近，這趟不用借力，不用助跑，我雙膝一曲，便彈上第二層殿脊。但見草帽人架起二郎腿，大剌剌地坐在太和殿頂。他依然是昨天那身舊衣服，捲起褲管，草帽拉得低低，遮住臉龐，惟一不同的是，手上沒水煙筒，卻多了一碗湯麪。他竟在太和殿頂吃湯麪！還有，腳旁放着一個沒發亮的功夫熊貓塑料燈籠。

「你來了，岳——」他打嗝，「今晚過節，比平日早吃晚飯，過了午夜就肚餓，請稍等，待我吃飽再打。」

我冷冷的「哼」了一聲，坐在殿脊之上，諷刺他說：「烏天黑地戴草帽，害怕被月光炙傷皮膚嗎？還是沒面目見人？」

「三更半夜，你不也是戴着太陽眼鏡麼？現在可沒陽光啊！」

「這是夜視鏡。鄉巴佬，見識淺陋。」

「你那副……是……夜視鏡，那我的就是夜視帽！」草帽人「啪」的把麪碗擱在兩隻脊獸之間，「寡而無味。不吃了！動手吧。」

我緩緩站起，以靜制動，且看他發什麼招式，用什麼武器。

「對啦。事先聲明。」草帽人捲起衣袖，「二十年來，我打遍大江南北，為要跟真正的高手比試。我的習慣是，贏了，對方給我叩頭；輸了，我反過來叩三次。」

「慢着，我也事先聲明，你的習慣不等於我的作風。待會不論輸贏，我都不會叩頭，或者受你的叩頭。況且，我今晚應約前來，目的並非比武，而是查出賈會長被殺的真相。你到底是不是兇手？」

「是不是兇手，打完才說，喝——」

草帽人說打便打，一上步，就是一式「猿猴出洞」，十指如利爪，直插我的面門。

嘩！猴拳呀！

我不敢大意，頭一低，腳一蹬，曲身從「猴爪」底下滑開，沿着筒子瓦滑至檐前。

「想溜？沒那麼容易！」草帽人的爪擊落空，翻身「靈猴竄躍」，飛撲過來。

猴拳柔中帶勁，打拳者的動作和表情都模仿猴子，體現輕、靈、撲、跌、刁五大法門，使出陰、毒、損、滑、奸五個殺着，本已難以對付，現因草帽所阻，我既看不見他的表情，亦難瞧清楚他的動作招式，就更難對付了。眨眼之間，他已撲到我的頭頂。

我身在檐前，後無退路，他攻得又奇又快，我要比他更奇更快，且要轉守為攻，方能取勝。我怪叫一聲，仰身而倒，施展十歲在足球場上練成的「倒掛金鈎」，右腳朝天蹬踢，要把他像波一樣，踢落太和殿頂。

眼看快要踢中他的屁股。他竟怪叫一聲，不待招式使老，凌空轉體一百八十度，變招成「騰空抖毛」。

波是圓的，屁股也是圓的，我的腳尖在他的臀旁擦過，「撻Q」踢不中之餘，身子更跌出殿頂，頭下腳上的直摔墜落。我腳急眼快，看準檐緣方位，左足勾出，及時搭住檐緣，把身子倒懸飛檐之下。

雖然有驚無險，但危機未除，草帽人同時墜下，落在我身旁，他右手抓住檐緣，左掌斬劈我的腳脛。若給他斬中、劈中，勢必骨折脫臼。

我怎會讓他得逞？

我不慌不忙地甩開左足，身子墮離殿頂，中途，雙臂一舒，抓握豎在第一、二層殿頂之間的「太和殿」匾額，貼在匾上。還未回過神來，頭頂風響，狙擊已至，來勢兇狠，不似猴拳。未看清楚對方的招式路數，不便硬接，大丈夫能屈能伸，我乾脆屈身鑽到匾額之後，以避其鋒。探頭一看，草帽人使的是「老鷹俯衝」，已由猴拳變為形意拳。他總算識得大體，見我鑽到匾額後面而變爪為掌，拍在匾上，隔山打牛，不毀古物，勁力穿透匾額，猶似千百根無形細針，刺進我全身穴道。穴道被封，非死即傷，我大吃一驚，慌忙滾離匾額，狼狽地逃落第二層殿頂。

想不到草帽人如此厲害，這樣打下去，我必敗無疑。難怪他自誇打遍大江南北，輸了要叩頭。但男兒膝下有黃金，我不能輸，要想辦法反敗為勝。

「殺呀！」草帽人乘着氣勢，繼續追擊，自匾額躍下，人未落地，已是一式「童子拜佛」，又想打我的頭。可惡！非要教訓他不可。我勁運橋手，紮牢馬步，好一招「霸王舉鼎」，硬接他一招，且看誰的橋手堅硬。

草帽人卻不跟我硬碰，改使「倒步提壺」，後接「小鬼脫靴」，跌跌撞撞的避開。嗄？是醉拳，他又換一種拳法。醉拳步履飄忽，虛虛實實，時而滾地，時而摔跌倒，變化多端，出人意表，善攻利守。果然是個勁敵！

勁敵當前，我不敢怠慢。他不敢硬碰，我偏打硬橋硬馬的工字伏虎拳，虛也好，實也好，照打可也。我虎吼一聲，勁度十足、沉雄力猛的「猛虎推山」轟然而出，拳震聲威，腳下琉璃瓦咧咧作響，手上拳風呼呼，草帽人登時被我的拳風包裹，變無可變，飄無可飄，非要正面接招不可。他知道惡鬥難免，立刻收起醉態，不跌不撲，紮個四平大馬，捨虛取實，打出形意拳的「狗熊人立」，要結結實實地硬接我的「猛虎推山」。

實在不知「熊」強還是「虎」猛。雙方旗鼓相當，勢均力敵，後果可能是兩敗俱傷。

無仇無怨，無緣無故，我才不跟他以性命相拚。就在火星撞地球之際，我突然招變，由工字伏虎拳變為虎鶴雙形拳，出其不意，攻其無備，跨步旋腰，虎爪變鶴嘴，連消帶打，以「餓鶴尋嗔」攻他的右肩。他側身避過，卻暴露左腰以上的大片破綻，機不可失，我偷位閃到右側，緊接一式「還魂飽鶴」，隔着草帽啄中他的左側額。

「卜——」

真硬！不知是他的頭硬還是帽厚？總之如中堅石，指尖疼痛。

而他，一個踉蹌，跌開三步，單膝跪在瓦面，仿似醉酒。他這個光景，當然不是打醉拳、走醉步，而是中了我的鶴嘴，頭昏腳軟。趁他病，取他命。我馬上跳到他身後，施展九歲在足球場上練成的——衝力射球，盡使十成腿力，望他的屁股踢去。不把他踢落太和殿，誓不罷休！

眼看「射球得分」之際，他竟迅速滾開去。

又一次「撻Q」，真倒楣！

草帽人連滾三排筒子瓦，半躺殿頂，手一揚，一物射來。

我原地打個後空翻，及時避開。那物在我臉前掠過，那是一根竹筷，是他剛才吃麪所用的竹筷。

「卜——」

着地回頭，竹筷誤中「太和殿」匾額，斜斜的插進「和」的「口」內，露出的筷子頭不住上下震動，發出低沉持續的「凸凸」響聲。

吁！我捏一把冷汗，若給竹筷插中，身上一定多個窟窿。

「來！再打！」草帽人從瓦面彈起，明顯地，草帽上多了一個破洞，露出一束黑髮。

我輕輕跳開，盯着「太和殿」的匾額，喟然歎道：

「不打了。」

「什麼？還未分勝負啊！」草帽人焦躁起來，「不礙事，打壞東西，我會賠償，你不用花一分錢。」

「不打。」我雙手負背，仰望天上明月，不擺任何架勢，「我已找到答案。你不是殺賈會長的兇手。」

「我是！我是殺死賈老頭的兇手。你來捉我，打我！」

「你不是。要殺他的話，以你的暗器功夫，從窗外擲一根竹筷，就足以取他性命，不必多此一舉的躍進書房，用開信刀刺他。」

「唉！」草帽人搖頭頓足搥胸，剛才情急勢危，被迫露出一手暗器絕技，被識破他假冒兇手騙我比武，如今後悔非常。

我心裏也不好受，連最後的線索都斷掉，草帽人不是兇手，再沒疑人了。

到底，兇手是誰？

4

「你怎會懷疑河東村的人暗殺賈老頭？」草帽人坐在雲龍丹陛之上，把玩着功夫熊貓燈籠，「是了，阿牛說過要殺他。那只是一時意氣的謾罵，加上傳媒炒作，愈傳愈誇張，不能作準。」

「賈會長收地，村民自然對他恨之入骨。我懷疑村民殺他，不無道理。」我除下夜視墨鏡，坐在雲龍丹陛前的銅龜背上，逐一搓揉食指、中指、無名指，先前啄中草帽人的「鐵頭」，三指還隱隱作痛。

「你們外人有所不知，其實，村民並不反對收地，他們只是不滿賠償不足。裝腔作勢，還不是為了爭取多些賠償？」

「咦？賈會長收地改建低密度屋苑，村民失去家園，失去田地，直接影響生計，他們怎會不反對？」

「這個年頭，種田沒出息呀！日曬雨淋，旱澇蟲疾，賺的是辛苦錢，每分錢都有血有汗，但多勞少得，守住那些瘠田瘦地，有個屁用！」

「農民不耕田，何以維生？」

「炒股票囉！期貨也行。我的眼光準確，長線投資、短期炒賣，間中玩兩手，低買高沽，總算不愁衣食。我跟阿牛說，要爭取一個賠錢賠房的方案，錢愈多愈好，將來收到賠款，村民集資成立基金，聘請三兩個基金經理，分散投資，回報大，風險低。」

「原來你是炒股的。」

「當然啦，我每天不是練武，就是找人比武，何來收入？武林高手也要吃飯啊！」

「你們這樣做，不覺不妥麼？」

「有何不妥？」

「農民不種田，改行炒股票，不務正業。」

「我們不是農奴，人人都有選擇工作的自由。你有興趣，你來種田吧。」

「我不懂……」

「不懂就學，沒有人天生是農夫。」

「我……不說炒股票。你們放棄耕作，讓發展商把農地變成房地產項目，破壞大自然，有違環保精神。」

「你們都市人住在市區喊環保，幾年才到鄉郊逛逛，說青草很美，蝴蝶很美，拍幾張照片，拍拍屁股便回家開空調、浸浴缸、喝凍飲。我們鄉下人天天住在破舊的農舍，蛇蟲鼠蟻不消說，壯的種田，幼的又種田，永遠一腳牛屎，兩腳爛泥巴，沒文化，沒學識，又富不起來，能有什麼指望？」

「但沒人耕種，沒人保護大自然，長此下去，世界會生態失衡、經濟失衡。」

「我一再強調，這是自由社會。你耕田、搞環保，我不妨礙你；我不種田、不搞環保，也請不要批評我。」

「強詞奪理。」

「你才強詞奪理。你要愛護農村嘛，可以，請來河東村小住一兩個月，體驗一下蚊叮蟲咬、夏熱冬寒、旱廁臭坑、竹牀硬椅、粗茶淡飯，你要是能熬過去，仍覺農村生活有趣，才有資格批評我們。」

「你簡直胡說八道、扭曲道理。」

「道理歸於強的一方，你不服氣嗎？過來打我、揍我吧。」

「還想打架，哈，我才不中你的詭計。夜了，回家睡覺吧。Bye。」

「呵呵，激將法無效。看來，我真的要回家睡覺了。」草帽人從地上躍起，按亮功夫熊貓燈籠，「你是我這三年來遇到最強的對手，今晚這場架打得很痛快，可惜未分勝負，不免有一點點遺憾。」

「你剛才所說的，幾成真？幾成假？」

「你指的是？」

「炒股票，還有收地的事。」

「有關係嗎？真亦假時假亦真。」

「我可以告訴你一個祕密。」

「什麼？」

「賈會長為了收地順利，賄賂好些官員。」

「貪污行賄，算什麼祕密！」草帽人語帶唏噓，「當年，朱總理上台時，說準備一百口棺材，九十九口留給貪官，一口留給自己。如今，朱總理換上溫總理，十年人事幾番新，貪官…… 唉 ——」草帽人把燈籠掛在雲龍丹陛下的銅鶴長嘴之上，騰空雙手，縛緊草帽的繩子。

「你不想要收受賄款的官員名單麼？不論阻止收地，抑或爭取賠償，都有幫助。」

「你真熱心，為什麼？」

「雖然你說的話，真假難分，但真的假不了，假的真不了。憑直覺，我知道你不是壞人。」

「好，我欠你一份人情。」草帽人抱拳，「老實說，跟你再打一場與那份名單之間，我寧願選擇前者。」

「請了。」我也抱拳，「名單稍後給你。」

草帽人從銅鶴嘴上提起燈籠，轉身步出紫禁城。

那銅鶴翹首觀天，但天高莫測，給人一種無語問蒼天的感覺。

草帽人談到貪官時的唏噓和歎息，仍在我的心頭迴盪。貪官的房門敲敲無妨。Chit不讓我劫獄，我可以收買貪官，弄份批文，替她搞個「保外就醫」之類，反正線索全部中斷，緝兇變得茫無頭緒，留在北京也是徒然；然而，大丈夫有所為，有所不為，如果我賄賂貪官，品格就連草帽人也不如。

草帽人已走進沉沉夜裏，漆黑中，他手中的燈籠，宛如一隻超級變種的大螢火蟲。螢火蟲飛上太和門後，就不見了。

草帽人的行徑真難觸摸，撇開不事生產，天天找人比武不提，他大男人一個，中秋夜拿着小孩子玩的塑料燈籠穿街過巷，不怕別人取笑麼？對啦，他從早到晚戴着草帽，旁人看不清他的相貌，如何取笑？

時代進步，燃點蠟燭的紙燈籠快成歷史文物，真懷念那些用柚皮、用鍊奶罐自製的燈籠。畢竟，時代不同了，安裝電池和燈泡的燈籠，外形美觀，款式新穎，深得小孩子當然喜愛。今時今日，小孩子的玩具總離不開電子產品……

電子玩具……

我腦海裏驀地閃過一個模糊的意象，很重要的。

那是什麼？

我嘗試拍頭頂、搔後腦、挖耳孔、捏鼻頭、摑臉皮、屈手指、扣喉、倒立，刺激思考，令意象鮮明、固定。

都不成。

累了，我跳回銅龜背上，躺下，跟銅鶴一起仰望蒼茫雲海。

天呀！那是什麼？

月過中天，月到中秋分外明、分外圓、分外大。禁不住朗誦溫乃堅一首詠月的詩：

月亮是一個鐵環
在屋頂上滾着
他在後面趕着
那個複雜的孩子
不比別的孩子
只想看月亮

月亮、孩子，意象鮮明。

啊！我想起來了，但仍不肯定，要肯定一下，立即取出手提電話。

「喂，畢小玉，是我。吃月餅？不吃了…… 聽着，我要再看一遍賈會長被殺前書房門外的CCTV錄影……對，現在…… 我趕過來…… 中秋夜不能查案麼？還有，替我打電話給王同志，告訴他，想破案立功，就一同看錄影…… 趕快去辦，別囉唆……」

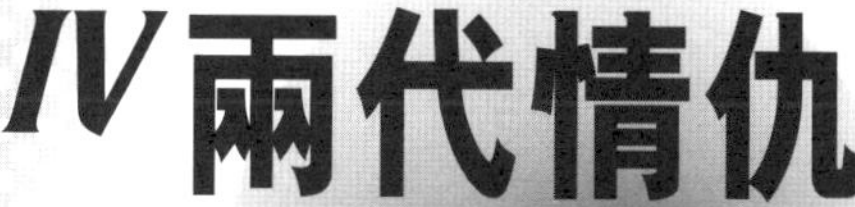

IV 兩代情仇

一部電子遊戲機、一根作暗器的竹筷，

如何顯露真正殺機？

1

畫面上，賈臨進入書房，房門隨即關上。

6時42分。

走廊空無一人。

全沒動感的畫面，若非右上角的時間顯示不住的向前跳動，我們或會產生錯覺，以為在觀看定格硬照。

「三更半夜專程跑來看錄像……」王同志開始抱怨，「這段片子，我看過幾十遍都沒發現。」

「倘若粗心大意，就算看幾百遍、幾千遍，也會遺漏一些有助破案的蛛絲馬迹。」我仍在揉搓食指、中指和無名指，「慢慢看，小心看。想破案立功，就得耐心看。」

「好！」王同志瞪大雙眼，定睛盯着屏幕，眼皮不動半下。

「需要快速向前嗎？」畢小玉的指頭觸着快速鍵。

「不。」我撥開她的手。我必須確保沒有遺漏任何細節。

時間顯示一分一秒的向前跳動。

我們所能看見的，僅在CCTV鏡頭的涵蓋範圍以內，鏡頭以外，尤其隔着一道木門的書房之內，賈會長和賈臨在幹什麼，我們一無所知，也無從忖測。弔詭的是，兇案就在書房之內發生，所以，在Chit進入書房發現賈會長被殺之前，每個進出房間的人，不管有沒有殺人動機，都應列為疑人。

6時 49分。

「賈臨出來啦！」王同志大叫。

七分鐘，可以做的事很多，包括殺人。

「當心吵醒賈夫人。」畢小玉白他一眼，「半夜被人吵醒，她會大發雷霆呢！」

我指着畫面，道：「定格。」

「是。」畢小玉按鍵。

「有線索？」王同志儘量壓抑亢奮的情緒。

「他手裏拿着一件物件。」我指着畫面上賈臨的右手，「把影像局部放大，我要知道他拿着什麼。」

「我們這機器…… 沒這種功能。」

「沒功能……」我瞧着連接屏幕的終端機，「這台電腦可以上網嗎？」

「可以。」

「讓一讓。」我挪到電腦前，開啟瀏覽器，輸進網址，登入「電腦小子」阿莫慣常流連的討論區。

阿莫果然在線。

我敲鍵。

「Hi，阿莫。」(阿 Wing)

「Hi，阿 Wing，中秋節快樂。」(阿莫)

「我傳個影像檔給你。你替我局部放大圖片裏男孩的右手，我要知道他拿着什麼物件。」(阿 Wing)

「OK，傳過來。」(阿莫)

「已傳。」(阿 Wing)

「稍等片刻。」(阿莫)

「需要嗎？」王同志不以為然，「這是他的家。他進書房裏拿東西，不值得我們大驚小怪。」

「不，阿Wing的懷疑相當合理。」畢小玉神色凝重，「書房是賈會長專用的，裏面的物件，賈臨不會有興趣，也用不着。」

「或者，賈臨進書房找書看。他拿着的是一本書。」王同志猜道。

「他只看漫畫，從不看書。」

「裏面沒漫畫麼？」

「笑話，賈會長的書房怎會有漫畫？」

「已放大，這是你想看的部分。」(阿莫)

阿莫把檔案傳回，我立即開啟。那是——

「Sony PSP，最新型號。」(阿莫)

「不可能！」畢小玉滿臉疑惑，「賈會長明明沒收了賈臨所有的電腦、電玩，不可能容許他取回。」

「也許，他未經父親允許。」我開始有點頭緒。

「留意那男孩的衣袖。看這檔案。」(阿莫)

阿莫再傳　個檔案過來，打開　看，我的心登時涼了半截。

「那是血迹啊！」畢小玉失聲驚呼。

我感到不寒而慄，汗毛都豎起來了。

「我知道賈夫人在樹林裏燒什麼衣服了。」王同志喃喃道。

只為一部遊戲機，不可能吧？

2

房間內傳出陣陣廝殺聲，「戰況」依舊慘烈。

我們來到門前，誰都沒敲門的意圖。我試拉門把，沒鎖，房門一拉即開。廝殺聲更響更烈，幽暗的睡房內閃爍着迷幻的藍光。

畢小玉伸手往門邊摸着電燈開關，「啪——啪——啪——」的把所有電燈按亮。

獨自坐在電腦前面的賈臨，一時適應不了燈光，皺起眉頭，雙手擋在額前，歇斯底里的叫罵：「關燈呀！

白痴——」

我們走進房內，一字排開。房間亂七八糟，乾淨的、骯髒的衣物混在一起，皺巴巴的四處亂堆亂掛，模型、漫畫、電玩散滿一地。我特別在意放在枕頭上面那部銀色的Sony PSP，跟CCTV拍到的一模一樣。

「賈臨，我是公安。」王同志亮出證件，「我有話要問你。」

賈臨睨一眼他的證件，不吭一聲，轉頭面對屏幕，左手按鍵盤，右手推滑鼠，重新投入他的線上殺戮世界。他雙目無神，滿佈血絲，臉色蒼白，容顏憔悴，像老了十年的，樣子煞是嚇人。看來，他不眠不休的「打機」，精神和體力已達崩垮的邊緣，現在極需休息。

「喂，我跟你說話呀！聽見沒有？」王同志火了。

「省點火氣吧，他有耳不能聽，有眼不能看。」我輕輕推開王同志，挨近賈臨的電腦枱，找到連接電源的電線，緊緊握着，往後一扯—

「啊呀——」賈臨慘叫一聲，觸電似的從轉椅彈起，再跌坐椅上。

電腦停止運作，屏幕漆黑一片，他先前努力「戰鬥」所累積的點數、殺敵的數字、擁有的武器，統統化為烏有。

「我要——殺死你——」賈臨翻起一雙紅眼，喉頭發出野獸一般的嘶嚎。

「冷靜，少爺，冷靜。」

賈臨充耳不聞，於雜亂的桌面摸到一枝鋼筆，一把抓起就撲過來，手起筆落，向我的左眼插下。

畢小玉一個小跳步，擋在中間，架起「十字手」，扣住賈臨的手腕，一採一扭便奪去鋼筆，兼把他摔落睡牀。王同志幫忙把他按在牀上，罵道：「小子，你真狠！年紀輕輕，殺人不眨眼。」

「他的殺人經驗，恐怕非常豐富……」我拋下電線，「在虛擬世界裏。」

可悲也可怕的是，賈臨已分不清現實和虛擬。

「你是不是殺死了自己的老子？」王同志拍打賈臨的

臉，「嗨，我問你呀，別裝死，快回答……」

「呼—— 嚕……」鼾聲自賈臨的鼻孔傳出。看來，他疲倦不堪，觸牀即睡。

「哈！竟然睡着了……」王同志訝然。

「不准你們碰我的臨兒！」

*　　　*　　　*

回頭，賈夫人站在門口，手持一柄黑星手槍，指嚇我們。

「你想怎樣？公安辦案，你敢阻止？」王同志有把柄在手，不必買賈夫人的賬，頓時擺起官威來。

「閉嘴！」賈夫人舉槍對準王同志的臉，「再吵，我一槍轟爛你的臭嘴巴！給我好好聽着，用兩根指頭慢慢拿出你們的手槍，放在地上，踢過來。」

我扯高衣角，說：「我沒武器。」

「我也沒武器。」畢小玉攤開雙手。

王同志依言照辦，乖乖交出手槍。

「跟警方合作是你惟一的出路。賈夫人，不要一錯再錯了。」我好言相勸。

「我已失去丈夫，不能失去兒子。」

「賈臨目前的情況，應送進醫院接受全面治療，你把他關在這裏，對他毫無好處。」

「我自有分數。」賈夫人顯然一意孤行。

「你想殺人滅口？」王同志慌了，「謀殺公安，罪加一等。」

「夫人，懸崖勒馬啊！」畢小玉也勸道，「賈會長已給少爺殺死，喪一條人命難道還不夠嗎？」

「不，老頭子的死是意外，臨兒不是全心弒父。」

「是意外，抑或謀殺，應該交給法庭裁決。你用錯誤掩飾錯誤，非常不智。」我邊說邊微移腳步，找機會制伏她。

「我不會把臨兒交出來！你給我老實站定！」

「鎮定。我不動。事到如今，看來，你非殺我們滅口不可。臨死前，我想知道一個答案，希望你滿足我的好奇心。」此時，我察覺賈臨已醒過來，伏在牀上發呆，出神地瞅着王同志放在地上的手槍。

「問吧。」

「賈臨為取回遊戲機而殺死父親，不管是錯手還是蓄意，總之，賈會長被他用開信刀插死。事後，你為兒子清除犯罪證據，例如抹淨兇器上的指紋、燒掉血衣，過程我已猜中八九分，惟一不解的是，Chit在書房外聽見打破酒瓶的聲音，當時房內只有一具死屍，酒瓶如何打破？與那個煙蒂有關嗎？」

「沒錯。關鍵正是那個煙蒂。我用一條浸過茅台酒的尼龍草綁住瓶頸，吊在茶几一角，尼龍草下壓着那根燃着的香煙。」

「我明白了。」我恍然大悟，「尼龍草的特質是韌、易燃，浸過烈酒的更甚。當香煙燒斷尼龍草，酒瓶便掉下摔破，尼龍草也給燒成灰燼……」

「哎呀，怪不得啦！」王同志懊惱地用右拳拍打左掌，「我初到兇案現場時，的確發現少許灰燼和燒剩的尼龍草。尼龍草是家居尋常之物，大家以為跟案件無關，都沒放在心上，第二天便忘卻了。」

「你為什麼要嫁禍Chit？」我再問。

「我無意嫁禍她。那晚，臨兒跑來找我，說他爭奪遊戲機時錯手插死老頭子，我半信半疑地趕到書房，一看，果然大錯已成。老的死了，我惟有保住幼的。我佈置妥當後，特意打開窗子，再去找瑛姐，叮囑她在書房附近等候。當她聽見書房裏打翻東西，前往察看，發現老頭子被殺，即產生錯覺，以為兇手殺人時打翻酒瓶，行兇後越窗逃走。這樣，便沒人懷疑臨兒。誰知，陰差陽錯，那女人剛巧來到，瑛姐錯覺以為她是兇手。這也不壞，人證物證俱在，更沒人想到是臨兒幹的。」

「可惜，我為救Chit而來。如果不是我，你的計謀沒人識破。這也是陰差陽錯。」

「你問完了沒有？」賈夫人臉色陰沉，殺機已起。

我沉住氣，道：「你有槍，你最強，你不准我問，我只好不問。在這個殺戮世界裏，槍桿子在誰手中，誰就控制大局，如果我有一柄真槍，我一定挑戰你。這裏共五個人，惟獨你拿槍，若有機會，我一定另找一柄槍，打敗你而成為終極強者。」

賈臨雙眼發亮，一臉躍躍欲試。

「混賬！你胡言亂語……」

「槍呀！眼下就有一柄真槍，還等什麼？」我急得咬牙切齒。

「槍呀——」賈臨滾下睡牀，撞開王同志和畢小玉，連跌帶爬地拾起地上的手槍。

「臨兒？不——」

賈臨不顧後果的舉槍指着賈夫人，指頭扣下扳機。賈夫人嚇得魂飛魄散，迫不得已把槍嘴對準兒子。

兩母子擎槍相向。

賈夫人神情悲愴，做夢都沒想到落得如此下場。

就在千鈞一發之際，我騰地而起，於兩人之間，凌空分腿一字馬，前蹬後踢——

「砰——」

3

Chit堂堂正正地踏出拘留所的大門時，只慨歎一聲「江湖真多事」。我問她最想往哪裏、幹什麼？會不會立刻買機票離開北京？

她想了想，說：「我們吃餃子去——」

她特地帶我去光顧一家老字號，說那間百年老店專賣餃子，款式多樣，有湯的，有煎的，有蒸的，餡料有豬肉、牛肉、羊肉、素菜……

聽起來，似曾相識。

不是這麼巧合吧？

北京城的餃子店多不勝數。可是，世事偏偏如此巧合，她偏偏帶我去大柵欄，光顧古玩店樓下那家！

店主乍見Chit，老友重逢，歡喜得跳起；看見我，頓時板起臉孔。經Chit解釋兼賠不是後，店主才稍見寬容，仍不忘嘲諷我一句：「要吃日式、法式的餃子嗎？」

「我們要吃老北京的味道。」Chit搶着回答，「正宗而地道的北京餃子，先來兩盆大的。」

「好，馬上送到。」

我和Chit坐下等吃。

「阿Wing，別怪我倚老賣老，我覺得你最後一招處理得不好。」Chit語重心長，「不過，你的整體表現已非常不錯。年輕人總是如此，經驗不足，處事往往掉以輕心，難以十全十美，有待磨練啊！」

我喜歡跟Chit聊天，在她面前，我永遠是個年輕人，不似畢氏三胞胎，整天叔叔長、叔叔短的，聽得我耳朵發沉，渾身不自在。

「請指教，莫客氣。」

「你最後那一招，應使『雙龍出海』或『二龍爭珠』，出雙掌或雙拳從旁打落賈氏母子的手槍。而你跳進他們中間，用分腿一字馬踢掉他們的手槍，姿勢雖然取滿分，但過於冒險，萬一他們開火，你便吃子彈。」

「說的也是。幸虧我動作快，在他們扣下扳機前，踢掉手槍。不過賈臨的手槍觸地走火，射中賈大人的腳。」

「活該，養而不教，父母之過。賈臨弒父傷母，除因自己不長進，父母沒好好管教，亦要負責；惡果早種，應該各打八十大板。」Chit歎一口氣，「賈會長一生叱吒風雲，卻命喪孽子之手，真是一大諷刺！」

「餃子到，請慢用。」店主端來兩盆餃子，另加一碗臘八蒜，放下，握着抹布站在桌旁。

「嘩！好香。我不客氣啦。」Chit拿起筷子，夾了一個元寶狀的餃子，欣賞一會，咬了一口，再夾一枚蒜，一邊咀嚼，一邊向店主豎起拇指。

店主眉開眼笑，轉眼看着我。

我當然識趣，一口一個，連吃兩個，餃子果然好吃。為補償那天對店主的不敬，我除了不住稱讚，還額外送他一副「超好吃」、「勁好味」的表情。

店主滿意了。

「老闆，我跟你說一個笑話，是真事。」Chit托托大眼鏡，「我在法國學包餃子，請一對法國夫婦吃。吃的時候，他們竟用刀叉，把餃子當牛排一般切開，一刀切下，餃子裹着的湯汁都流光了。」

「哎喲，那些老外真是！」店主眉頭大皺，不住搖頭，「牛嚼牡丹，暴殄咱們中華美食！」

「枉費心機的事，做一次就夠了。那次以後，我不再為外國人下廚。」

「對呀，中國人的飲食文化源遠流長、博大精深，豈止滿足食慾那麼簡單？」我插口道：「單單這雙竹筷，已是一門學問……」

「哈哈，小夥子真有見地。這兩盆餃子，我請客。」店主帶笑走開。

「除了用來扒飯、夾菜。」我用竹筷插起另一個餃子，「還可作為暗器。」

「唔，那個草帽人，可不簡單……」Chit若有所思。

「他的確不簡單。今早，我託畢小玉送那份貪官名單給他；下午，我往拘留所接你之前，已收到消息，國務院下令有關單位即時擱置河東村和河西村的開發計劃，理由是違規收地。不知草帽人在背後做了什麼動作。」

「用竹筷作暗器的⋯⋯我想起一個人。」

「誰？」

「章武。章武的年紀跟賈會長相若，算起來，該有六、七十歲了。」

「草帽人的相貌雖被草帽遮住，看不清，但，他的黑髮、身形、動作，不似老人家。」

「你有沒有檢視那塊給竹筷插穿的太和殿匾額？」

「沒有。」

「可以的話，檢視一下。」

「為什麼？」

「章武的暗器功夫非常獨特。他打出的暗器，除有一股向前飛的衝力，暗器本身還會高速旋轉，此手法稱為螺旋勁。」

「啊！」我不由得驚愕，「如此說來，受傷情況就像被子彈擊中一樣，進入的創口小，但穿透得深。」一般的暗器功夫只講準繩，相比之下，螺旋勁力造成的殺傷力，更狠更辣，武學世界果真天外有天，人上有人。

Chit接着說：「飛鏢、飛刀等暗器的外形構造，妨礙自轉；筷子則不同，長直平滑，上寬下窄，能把螺旋勁發揮得淋漓盡致。而且，身上帶幾雙竹筷，旁人看來只覺古怪，怎也想不到是殺人武器。所以，章家以竹筷作獨門暗器，獨步天下。」

「假如草帽人懂得螺旋勁暗器，亦不一定跟章武有直接關係，天下之大，總有章家的再傳弟子。」

「不。章家這門暗器功夫，從不外傳，而且傳男不傳女，傳長不傳幼。」

「假如草帽人正是章家的後人，那又怎樣？」

Chit臉色一沉，道：「他絕對有殺死賈會長的理由。」

我張大嘴巴，回想草帽人的武功博雜多變，一時形意拳，一時醉拳，初時以為他賣弄，此刻細想，原來他藉此掩飾武功家數。筷子暗器，乃是他臨敗之際被迫使出的救命奇招。

「賈、章兩家相交三代，賈會長和章武更是八拜之交。他們一個長袖善舞，一個武功高強，正所謂你有你的生活，我有我的忙碌，本來和衷共濟，相安無事。直至有一年，章武抱打不平，暗中殺掉一個迫害百姓的貪官；而賈會長為了向上爬，巴結權貴，為當上基金會的會長，不惜出賣章武。於是，軍警大舉圍攻章家，一門老幼十七人死於亂槍之下，只剩章武和長子章力逃脫。」Chit感慨萬千，「當年的事，知道內情的不出十人，我是其中之一。二十年來，這些『老朋友』，老的老，死的死，失蹤的失蹤，現在連賈會長本人也死了……」

當Chit仍在感慨，我已像一根飛出的竹筷，飛出餃子店。

4

我飛也似的跑到故宮。此刻，工人已將太和殿匾額卸下，用一塊大帆布包裹，放在貨車上，準備運走。我二話不說的飛身躍上貨斗，掀開帆布，拔出竹筷，伸指頭探進匾額的破洞之內，轉了一圈，只覺木質脆弱，一觸即碎。

果然是螺旋勁造成的破壞。

「喂！你跳上貨斗幹嗎？趕快下來！」工人在貨車旁大呼小叫。

附近兩名公安武警聞訊跑來，其中一人更抽出警棍。

我扯下帆布，撒向公安，把兩人罩住，乘亂躍下貨車，逃離故宮。

答案已經找到，無謂花時間跟公安解釋，以免耽擱趕往河東村的時間。

我在天安門廣場前面截停一部出租車，跳進車廂後座，着司機全速開往河東村。司機亦希望全速前進，奈何北京街道老是無緣無故的堵車，尤其在市中心區，走一會，停一會，我也不管它，只從背包裹取出賈會長的驗屍報告，逐字逐句細讀一遍。賈會長背上共有兩個傷口，一深一淺，都是刀傷，由同一把開信刀造成，淺的僅傷及皮肉，不足以致命，深的貫穿左肺葉和心臟，引致賈會長即時喪命。

我考慮片刻，決定致電王同志。

「嗨，阿Wing。上級領導稱讚我態度正確、辦案認真，偵破賈會長這宗倫常奇案。我正想做東請你吃北京填鴨，感謝你的幫忙。」

「吃飯之事稍後再談。你替賈臨錄了口供沒有？」

「偵訊人員在隔壁正在替他錄口供。不用擔心，他很合作，已承認殺父，只欠細節未曾交代。」

「你馬上過去問他，用開信刀插了父親一刀，還是兩刀？」

「一刀、兩刀有分別嗎？人終究是他殺的。」

「不，絕對有分別。你馬上過去查問⋯⋯真兇可能另有其人。」

「別開玩笑，怎會這樣？」

「快去問個明白，快去。」

「好吧。」

賈會長腰圓背厚，開信刀毫不尖利，刀刃無鋒，拿開信刀一下插穿賈會長的肌肉、肺葉、心臟，兇手需具相當的腕力、臂力，才能一刀取命。賈臨肉柔骨脆、氣虛力弱，他有這個能耐嗎？我懷疑。

何況，草帽人一直聲稱自己殺死賈會長，只是我一廂情願地以為他藉此騙我比武。

「鈴……」

王同志覆電。

「喂，阿Wing……是……一刀。」他喘着氣說，「賈臨說……他插了……父親一刀，不是兩刀。」

「果真如此。」

「到底怎麼一回事？」

「你可有讀過驗屍報告麼？賈會長背上有兩處刀傷，一深一淺。賈臨只插一刀。若沒猜錯，他的一刀僅傷皮肉，不足以取命。」

「那麼，另一刀是誰幹的？」

「真兇就在河東村。」

「又是河東村！」

「我正在河東村的路上。你想立功的話，快來。」

「你等我趕到才動手抓人……」

掛線後，我着司機停車，因為連接河東、河西村的石橋就在前面。

賈臨 6 時 49 分離開書房，他以為自己殺了父親，跑去找母親求助。其實，他只是插傷賈會長。賈夫人 6 時 54 分到達書房。中間有五分鐘真空期，足夠一個懂輕功的人自銀杏林越窗而入，在賈會長背上補上致命的一刀。此人，我不作他想，正是草帽人── 他姓章，跟賈會長有血海深仇。

司機收下車資，把出租車開走。

正值黃昏時分，成羣寒鴉聒聒噪噪的在頭頂飛過，這該是戶戶炊煙，家家飯香，大小村民早已窩在家裏共聚天倫的時候。我佇足村口，眼下的河東村一片幽靜，沒一個人影。

咕……

想起飯香，我的肚子不爭氣，這也難怪，整個下午只吃了兩個餃子，肚子不發聲抗議才怪。

還等不等王同志？妨手妨腳的，當然不等。

於是，我邁開腳步，走進河東村。

風吹水動，河面泛起一陣粼粼細波，反映落日餘暉，浮光閃閃，好一個璀璨的晚景。將來退休，淡出江湖，我或選一處背山臨水的地方，築一間小屋，靜度餘生，倒也寫意。不過，一定不會選這裏，這裏不會有美好的回憶，只有某年某月某日的黃昏，我與姓章的草帽人在河邊惡鬥一場。唉！將來的事，過了今天才作打算吧。今天，他似乎是故意使開所有村民，不必掩飾，無需顧忌，必會豁出去打，威力自當倍增。中秋晚上，我僥倖勝他一招半式，今天卻是勝負難料。

他就坐在河邊，同一株垂絲柳下，同一張板凳。草帽依然壓得低低。

他果然在等我。

既然來了，這場架終究要打。打就打吧！我一逕走到他跟前。

「喂，姓章的，我來了。」

「啊——」他伸個懶腰，「我等得太久，睡着了。」

咦，聲音不同了？

「錯，我姓徐。」他除下草帽。

嗄！徐大牛？

「力哥吩咐我在此等你。他說你大概日落之前來到，便着我交這東西給你。」徐大牛從口袋裹掏出一個MP3播放器，「如果你不來，就把它扔進河裏。」

「他在哪兒呢？」我接過MP3播放器。

「離開北京了。」

「往哪兒去？」明知多此一問，我還得問一聲。

「不知道。」一個毫無驚喜的答案，「或許回家吧。」

「他不是河東村的居民？」

徐大牛搖頭，道：「發展公司開始收地之時，他就出現。當時我們六神無主，他在背後幫忙主持大局，為我們爭取權益。現在，收地擱置了，他功成身退。」

「你們怎會隨便相信一個陌生人？」

「力哥不是陌生人。村裏的老人說，力哥的父親是一位俠士，從前對河東村有恩。」

「怎麼不見其他村民？」我環視一周。

「那個什麼基金會為轄下的發展公司違規收地，向我們賠不是，在酒樓筵開百席，宴請村民。大家赴宴去了。我因為等你才留下來。現在你來了，也拿了力哥的東西，我往酒樓啦。」

「等一下。」

「什麼？」

「草帽可以給我嗎？」

徐大牛聳聳肩，把草帽拋過來。

「還有一個問題。」我接着草帽。

「又怎麼了？」

「你們到底是反對收地，還是反對賠償不足？」

「這個嘛，大部分人的心情跟我一般的矛盾。」徐大牛的表情有點尷尬，「田地是家業，在這一代斷送了，難免愧對祖宗。但，自己沒出息，總希望下一代有所作為。總之，一言難盡，唉！你問完沒有？我餓得很呢！」

「你請便吧。」飢腸轆轆之苦，我感同身受。

「再見。」徐大牛走了幾步，回頭喊道：「幾乎忘記告訴你。力哥說，你細心想想，便想出開機密碼。」

「密碼？」我瞧MP3，試按Play。屏幕顯示需輸入四位數字的啟動密碼。

哪四個數字？

思前想後，我跟草帽人相關的數字，只有農曆八月十五日。於是，我輸入0815。果然正確，MP3啟動。我戴上耳機——

朋友：

當你聽到這段錄音，我已在一處遙遠的地方（Wing按：讀瓊瑤小說太多）。請不要找我，因為我不會讓你找到（Wing按：語言邏輯有毛病）。

首先，請你代我向Chit阿姨說聲對不起，我為了報仇，連累她遭到牢獄之災；不過，只要能夠手刃仇人，我會犧牲任何人，包括我本人（Wing 按：有自毀傾向），希望 Chit 阿姨體諒。

今午，Chit 阿姨無罪獲釋，當你們談到太和殿頂比武，Chit 阿姨憑我的竹筷暗器，必能聯想到我是章家後人。不錯，我叫章力，是章武的長子。

先父過世前，一再叮嚀，提醒我不要急於報仇而暴露身分，他說仇可以不報，章家血脈不能不延（Wing 按：說到底，不想他送死）。故此，二十年來，我忍辱偷生，平白讓賈老賊多享二十年富貴。每當想起章家的十七條人命，以及先父晚年顛沛流離，鬱鬱而終，我恨不得吃賈老賊的肉，飲賈老賊的血（Wing 按：茹毛飲血，野蠻人一名）！

先父說得對，賈老賊財雄勢大，確實難以對付（Wing 按：老子比兒子聰明，一蟹不如一蟹）。加上，他作風低調，甚少公開露面，經常躲在地下室活動，又有懂武功的保鏢貼身保護，我根本沒機會走近。本來，我擲一枚竹筷就可來個了斷，但螺旋勁造成的傷口會成為我殺他的證據。所以，我惟有等候機會。

皇天不負有心人。那晚他獨自在書房裏等 Chit 阿姨。我正猶豫該不該冒險跳進去重手擊斃他，賈臨闖進書房，不知怎的，兩父子為搶奪一部遊戲機而爭吵，後來賈臨失心瘋似地拿起桌上的開信刀偷襲賈老賊。我心裏又吃驚又歡喜（Wing 按：兩人都是變態的）。這叫天譴，賈老賊多行不義，結果逆子弒父，但因一部遊戲機，實在死得不明不白（Wing 按：同意）。

可惜，賈臨力道太弱，插不死賈老賊。他逃出書房後，賈老賊竟然爬起來（Wing 按：沒聯想到屍變，少看衞斯理小說）。賈臨刺父，沒人阻止，足見保鑣不曉得書房發生變故，我當機立斷，跳進去（Wing 按：趁機「抽水」），用同一把開信刀，狠狠的多插賈老賊一刀，助賈臨一臂之力，送賈老賊一程。反正他劫數難逃，誰殺死他都是一樣。

得手後，我跳出書房，刻意關上窗門，製造假像——兇手是屋裏的人。誰知，我剛躲進樹林，窗門即被人打開，是賈老賊的老婆。我躲在樹上，看她故佈疑陣，為兒子掩飾弒父罪行，真是痛快（Wing 按：心理變態）！遭兒子暗算，遭老婆出賣，賈老賊泉下有知，一定死不瞑目。

好了，殺死賈老賊的過程，就是這樣。

要交代的，都已說完（Wing按：還未交代去向）。最後，我得一提，這段錄音將在兩秒後銷毀，為免震傷耳膜，我勸你趕快除下耳機。

我急急拔掉耳機，MP3傳出一陣刺耳的雜聲，雖給我掉在地上，仍清楚聽見。幸虧及時除下，不然的話，耳膜多半給它震穿。

根據我非專業的初步分析：

他是個心理變態，有自毀傾向的人，這與童年缺乏母愛有關；他的精神、心理問題，或已相當嚴重，至少分裂出「野蠻人」和「孤兒仔」雙重人格；他習慣趁機「抽水」，這與缺乏正常教育有關；另外，他或因多讀瓊瑤，少讀衞斯理，導致語言邏輯出現毛病。

這樣的一個人，躲到哪裏？

我正常人一個，怎可能猜到！

待會王同志問起「真兇在哪裏」，我會這樣回答。

編後記：活着只為吃喝快樂嗎？

王心靈

「Q版特工」系列出版第二十六本了！由初版開始追讀《極度任務》的讀者，相信已投身社會了吧，為什麼這系列作品仍然大受歡迎？除了歷奇故事帶來的奇想與刺激，科慶每次新作在寫作手法上都力求創新，更表現了不同層面的「Q Concern」——「Q版特工」每一集的關懷主題。我們在出版十周年之時編製《The Q-files》，整理這系列二十多本作品內的Q Concern：

主角阿 Wing 是一個與青少年讀者一同成長的角色，面對種種社會、政治、倫理、宗教問題之時，他跟我們一樣，時而感到迷惘，時而感到憤慨，有着難以言說的思緒。縱然如此，他並不以無力和抽離的態度看待世情，卻以一顆關顧之心，認真思考，尋問價值之所在，並投身正義之戰。

本集故事《富仇記》甫開始，富商在家中死於非命，剛好到訪的Chit因而身陷囹圄。為救前輩好友，阿Wing加入查找真相。

每個人心裏都有一個洞，總想設法填滿內裏的空虛，而賈氏富麗堂皇的家，原已千瘡百孔——為父的追求財勢而冷落妻兒，做出種種不義行徑；為母的在外貪歡，疏忽照顧家庭；作兒子的，亦沒有對自己的人生負責，整天躲在房間裏沉迷電玩，最後精神錯亂，分不清現實與虛幻。

《富仇記》呈現了一個家庭的悲劇，這是很真實的故事，我們身邊也有聽聞父母拔掉兒女上網的電源，因而導致兩代感情破裂；內地一個十六歲少年在網吧玩一種殺人遊戲，被身旁的玩家嘲諷殺人水準低，就立即拔出隨身匕首刺向對方；另一青年以做生意為名向父母要了五萬元本錢打網路遊戲，由於擔心父母查賬，無法面對，就買來老鼠藥下到飯菜中將父母毒死……這樣的悲劇在現代社會裏不住發生，讀者或許都聽過太多了吧。

面對不同的壓抑，在網絡時代成長的一代已習慣透過上網解悶，在電玩遊戲裏追尋忘我的快感，拋開煩心的事。如果能累積「升呢」的成功感，現實世界裏的困惑與自卑，彷彿就能在網上世界統統消退……正如賈家坐擁過億資產，財勢如其地下豪宅般不斷擴大，本是生活無憂，但像他這樣要什麼有什麼的人，卻無法感到真正的幸福。讀到母子擎槍對峙的一幕，我們更感受到科慶希望我們透過故事體會、同情的，是一個看來完好的家庭怎樣破碎，同一屋檐下各懷私慾，相見而不相知，更別說相守了。這是多麼失落的生命，而故事人物陷入絕境的呼喊，所帶來的震撼是說教的文字難及的。

賈會長看似坐擁一切卻喪掉生命，如書中所言，他不過是「無知的財主」。我猜科慶寫下這故事，是希望讀者能認真地思考，扎實地在生命素質方面「升呢」，就像我們的戰友阿Wing，不只為自己，也為別人的好處，為和平與公義的信念活得更精彩。

作者電郵，歡迎聯絡：

forhing@gmail.com

感謝您選了這本書，閱讀以後，

您有沒有一些啟發，一些感想？我們期望您的聲音。

請登上 **www.btproduct.com/book**，

在「讀者回應卡」頁面內填寫。謝謝。

飛翔專號系列

《生死 X 緣》 梁科慶　陳嘉薰

劇毒「物質 X」，叫阿 Wing 英雄末路，

嘉薰醫生急要治好活友人；

更翻出善良男人與惡毒女人的一段情！

「死人」復生 —— 金大芝再現！

X 是情、是怨？終須以血來償！

《隱市狂徒》 梁科慶　陳嘉薰

狂徒連連在旺角高空擲物，死傷無數；

嗜血鏹水彈下，全城恐慌。

嘉薰取不到指紋半個，

阿 Wing 給耍至暈頭轉向，

這俠義夢幻組合，如何從盲女口供疑點，

窮追猛打，伏妖降魔？……